KB114619

도시의 주인

의

주인

말리브 장편 소설

FUSION FANTASTIC STORY

도시의 주인 4

말리브 장편 소설

초판 1쇄 찍은 날 § 2014년 6월 18일
초판 1쇄 펴낸 날 § 2014년 6월 26일

지은이 § 말리브
펴낸이 § 서경석

편집부장 § 권태완
편집책임 § 박은정

펴낸곳 § 도서출판 청어람
등록번호 § 제387-1999-000006호
등록일자 § 1999. 5. 31
어람번호 § 제1-1876호

주소 § 경기도 부천시 원미구 부일로 483번길 40 서경B/D 3F (우) 420-822
전화 § 032-656-4452 팩스 § 032-656-4453
http://www.chungeoram.com
E-mail § chungeorambook@daum.net

ISBN 979-11-316-9079-6 04810
ISBN 979-11-316-9005-5 (세트)

도시의 주인

말리브 장편 소설

FUSION FANTASTIC STORY

4

청어람

CONTENTS

장

흔들며 맞으다
1

마침내 페이스북의 마크 주커버그에게 연락이 왔다.

나는 만세를 불렀다.

명철하고 날카로운 19살의 대학생이 마침내 마음의 문을
연 것이다.

이거야말로 대박이다.

페이스북은 2007년 MS가 2억 4천만 달러로 페이스북 지분
의 1.6%를 얻는다.

불과 3년도 안 남았다.

이것이 IT의 힘이다.

다른 말로 창조적인 아이디어의 힘이다.

기술력은 어디서든 얻을 수 있다. 문제는 창조적인 생각을 통해 사업적으로 연관시키는 힘이다.

투자도 창조적인 생각이 필요하다.

주식은 기계적으로 해야 하지만 투자는 다르다.

주식은 개인이 흥분하거나 하면 대부분 손해를 보게 된다.

불안하고 초조할수록 그렇다.

그래서 주식 투자는 기계적으로 해야 손해 보지 않는다.

하지만 기업에 투자를 하다 보면 될 것 같은 기업은 꼬라박고 미운 오리 같았던 기업이 대박을 보는 일은 허다하다.

나는 흥분하여 현주에게 말했다.

"여보, 대박이야. 마크 주커버그가 나를 보자고 하네."

"음, 그 이름은 여자는 아닌 것 같은데 왜 이렇게 흥분해?"

"하하하. 마크 주커버그가 나의 투자를 받아들이기만 하면 대박이라고."

"마크 주커버그가 누군데?"

"하버드 학생이지."

"대학생이 왜?"

"이제 기술적 우월성은 의미 없는 시대가 되었어. 창의적 생각이 시대를 바꾸게 돼. 마크 주커버그는 시대를 바꿀 사람 가운데 하나지."

"그래?"

현주는 시큰둥하게 대답했다.

그녀에게 시대를 바꾸는 것은 그다지 의미가 없다.

아기와 내 삶의 행복에 더 신경이 가 있다.

세상의 모든 엄마와 아내의 소원이기도 하다.

삶은 서로 바라는 것이 다르다.

그래서 이렇게 많은 이야기가 세상에 존재하게 되는 것이다.

나는 새로운 이야기의 주인공을 만나러 다시 미국을 가게 되었다.

마크 주커버그는 2004년 6월 피터 딜에게 처음 투자를 받는다.

바로 이쯤이다.

그리고 본사를 캘리포니아의 팰러앨토로 옮긴다.

실리콘 밸리의 북서쪽에 위치하며 스탠퍼드 대학교가 근처에 있다.

페이스북은 워낙 초기부터 굉장한 속도로 가입자들이 늘어나, 사업의 성공은 이미 담보된 상태였다.

그런 상황에서 나에게 연락이 온 것은 아마도 내가 보내는 작은 선물들과 가족사진이 한몫을 한 것 같았다.

비행기에서 잠을 잔 덕분인지 공항에 도착하고서도 그다지 피곤한 줄 모르겠다.

호텔 체크인을 한 뒤 유독 깨끗한 룸에 몸을 던졌다.

침대의 시트가 파닥거리는 물고기처럼 내 몸을 따라 출렁거렸다.

나는 잠시 누워 있다 일어나 창밖을 내려다보았다.

도시의 불빛은 이곳에서도 여전히 빛나고 있었다.

귀 안에서 이명처럼 '캘리포니아 호텔에 잘 오셨어요. 이곳은 아름다운 곳이죠' 하는 소리가 들리는 듯했다.

혹시나 해서 CD 박스를 보니, 역시 호텔 캘리포니아가 있었다.

나는 CD를 틀고 조용히 창밖을 바라보며 스피커에서 흘러나오는 노래를 들었다.

현란한 기타 소리에 부딪히는 젬베의 탁한 음향과 이글스의 노래가 나온다.

You can check out
any time you like,
But you can never leave.

현란하고도 아름다운 기타의 향연, 잔잔한 기타 소리가 마음에 투덕거리며 박힌다.

언제든 떠날 수 있는 호텔 캘리포니아.

그런데 떠날 수 없다는 것은 이곳이 아름다운 곳이기 때문인지 아니면 노래 가운데 나온 '우리가 만든 장치의 노예'가 되어서인지 불분명하다.

어쨌든 이 노래만큼 이곳이 내게 매력적인 곳이었으면 좋겠다고 생각했다.

나는 포도주를 마시며 눈을 감고 다시 한 번 이글스의 노래를 들었다.

그러다 어느새 잠이 들었다.

아침에 가까운 공원에서 산책을 하고는 간단한 식사를 했다.

아메리카노 커피를 마시며 시간을 보내다 마크 주커버그를 만나러 갔다.

약속 장소에는 마크와 그의 동업자 중 한 명인 더스틴 모스코비츠가 함께 있었다.

"반갑습니다. 이열 김입니다."

"반갑습니다. 마크 주커버그입니다. 그리고 이쪽은 더스틴 모스코비츠입니다."

"하이, 반갑습니다."

우리는 음료를 시키고 간단한 안부 인사를 나눴다.

특히 더스틴 모스코비츠는 내 딸에 대해 칭찬을 많이 했다.

역시 아메리칸 스타일은 좀 건조하지만 가정적인 가치를 높이 친다.

그럴 수밖에 없는 것이, 대도시를 제외하고는 일찍 가게 문을 닫는 습관 때문에 대부분 저녁은 집에서 보내게 된다.

알게 모르게 가족이 생활의 중심이 되는 것은 어쩔 수 없는 일이다.

한국처럼 늦은 저녁에 아무런 위험 없이 다닐 수 있는 나라는 많지 않다.

나는 커피를 마시며 마크 주커버그를 바라보았다.

잘생긴 얼굴이지만 어떻게 보면 평범한 미국인처럼 생겼다.

나는 이 잘생긴 하버드 학생에게 잘 보일 필요가 있었다.

"사실 이열 씨 말고도 몇 군데서 투자 제안서가 들어왔습니다. 그런데 그쪽의 제안도 마음에 들고 해서……."

"당연하죠. 그처럼 대단한 사업 아이템에 투자를 하지 않는다면 눈이 삔 것이죠. 마크와 친구들의 사업은 반드시 성공합니다."

그는 나의 확신에 찬 말에 다소 기분이 좋아진 듯했다.

아무리 성공 가능성을 자신이 확신한다고 하더라도, 남의 입에서 나온 소리와는 또 다르다.

"그렇습니까?"

"네, 그러니 제가 13시간을 비행기를 타고 날아왔지요. 아주 대단한 사업 아이템입니다."

"고맙습니다. 그럼 본론을 이야기하죠. 전에 주신 내용 그대로 변함이 없습니까?"

"그렇습니다. 저는 가능한 많은 지분을 획득하기를 원하지만, 경영권에 관해서는 일체 관심이 없습니다. 마크와 친구들이 아주 잘할 것을 알고 있거든요. 그 짧은 시간에 하버드뿐만 아니라 아이비리그 모두를 석권했으니 말이죠. 이제는 전국적으로, 그리고 전 세계를 석권하는 일만 남았죠."

"아아."

마크와 더스틴은 내 말에 모두 고개를 끄덕였다.

그들도 이제 좀 더 사업을 확장하려고 하는 중이었던 것 같았다.

"제 친구 가운데도 IT 사업을 한 사람이 있는데 생각보다 많은 돈이 들더군요. 단순한 교육 사업이었는데 아, 한국은 교육열이 높아서 사교육이 심한 나라입니다. 그런데 예를 들면 수학의 공식을 엔진을 달아 처리하는 데 시간이 많이 걸리더군요."

"엔진이요?"

"별거 아닙니다. 이차 함수 그래프를 마우스로 당기면, 그 당긴 움직임에 반응하여 수식이 변하는 것이죠."

"굿 아이디어네요."

마크와 더스틴은 서로 마주 보며 고개를 끄덕였다.

"창조적인 생각이긴 하지만 생각보다 쉽지 않을 것 같군요. 모든 문제를 그렇게 처리하면 시간도 많이 걸리고, 접속자가 많으면 과부하로 다운도 심할 것 같고요."

"하하, 맞습니다. 그 친구는 500만 불을 투자하고도 실패하였습니다. 상품화하기 전에 라이벌에게 방해를 받았거든요."

"지저스."

"갓뎀."

공정하지 못한 이야기에 두 사람 다 기분이 안 좋은 듯했다.

이게 미국식 룰에 익숙한 사람들의 전형적인 반응이지, 라고 생각하며 이야기를 계속해 나갔다.

유튜브의 채드 헐리와 달리, 마크는 자신의 사업을 정확히 보고 있었다.

때문에 많은 지분을 확보할 수 없었다.

그가 가능한 자신의 지분을 팔려 하지 않았던 것이다.

결국 1천만 달러 투자를 하고 지분 5%를 획득하는 것으로 했다.

의결권을 행사하지 않는다는 조항이 들어가 있었다.

다만 나중에 상장했을 경우, 우선주가 아닌 일반주와 동일한 가치를 가진다는 항목에는 모두 동의했다.

우리는 변호사 사무실에 가 서류를 작성하고 사인을 마쳤다.

나는 은행에서 1천만 달러를 마크의 통장으로 송금했다.

너무 기분이 좋아 하늘을 날 것 같았다.

우리는 같이 저녁을 먹으며 기분 좋게 이야기를 했다.

마침 마크와 더스틴뿐 아니라 마지막 동업자인 크리스 휴스도 참가하여 대대적인 저녁을 먹었다.

그러다 현주 이야기가 나왔다.

알고 보니 크리스가 나와 계약하자고 강하게 주장한 이유는 현주의 밝은 표정 때문이라고 했다.

그리고 어디서 본 것 같다고 했다.

2004년이라 아직 한류가 붐을 이루지는 않았지만, 제법 알려지기 시작하던 시기라 한국에 관심이 많은 때였다.

"제 아내는 영화배우입니다."

"오, 마이 갓. 어쩐지 어디선가 본 얼굴이었는데 영화에서 보았구나!"

"아, 네. 한국 영화를 좋아하시나 봅니다."

"아니, 뭐 그다지."

"……?"

"크리스 여자 친구가 한국인이랍니다. 하하하."

"아, 그렇군요."

한국 여자들은 미국에서도 잘 먹히고 있지.

딱딱한 서양 여자들과는 달리, 가정적이고 헌신적인 데다 다정다감하니 인기 있을 수밖에. 물론 그것도 외모가 좀 받쳐 줘야 하지만.

나는 내가 가지고 있는 나머지 돈으로 애플과 구글의 주식을 사 버리고 나머지 위탁한 투자금으로 국내 증시에 투자하기로 했다.

위탁 자금도 그동안 수익률이 좋아 600억 가까이 되었다.

증시가 활황장이면 어지간한 것은 다 올라간다.

업종 대표주를 사 놓고, 올라가면 팔고 내리면 다시 되사는 반복적인 매매 형태만으로 거둔 소득이었다.

이 역시 마법사의 직감과 뛰어난 머리가 한몫한 것이지만, 결정적으로는 대체적으로 주가가 안정적이라 가능했다.

나는 애플과 구글의 주식을 매입하면서, 예전에 로타 그룹의 신인만 회장의 집에서 뺏은 돈도 투자하였다.

내가 알고 있기로 이 두 기업은 해마다 주가가 두 배씩은 올랐다.

나는 호텔 캘리포니아에 다시 투숙하여 아주 진한 위스키를 마셨다.

내가 해낸 이 놀라운 업적이 도무지 실감나지 않았다.

불과 1천만 달러로 페이스북의 지분 5%를 획득하다니, 생각만 해도 가슴이 벌렁거렸다.

페이스북은 유튜브와 달리 끝까지 매각하지 않고 독자 노선을 걷는데, 해마다 엄청난 수익을 거둔다.

주식을 처분하지 않고 배당액만 하더라도 상상을 초월할 액수가 될 것이 틀림없었다.

나야 결과를 알고 있으니 이렇게 과감하게 배팅을 하지만, 엔젤 투자는 성공하기 쉽지 않다.

IT 기업 성공 확률이 극악하니, 투자 자금만 날리는 일이 허다하다.

그러니 투자금 대비 지분 요구가 많은 것이 사실인데, 나의 경우는 상당히 양호한 조건이었다.

지분 5%에 1천만 달러를 유치는 쉽지 않은 일이다. 이제 막 시작하는 단계이니 말이다.

물론 사업이 성공하면 1천만 달러로는 어림도 없는 일이지만, 이래서 IT 기업 초기 투자가 매력적인 분야였다.

물론 한 푼도 못 건지고 투자금을 날리는 경우가 더 많지만 말이다.

한국으로 돌아와 아버지 어머니께 인사를 드린 뒤, 아기의 행복한 웃음을 보고 현주와 달콤한 키스를 했다.

방에서 쉬고 있는데 저녁을 먹으러 내려오라는 인터폰 소리에 자고 있는 딸을 깨워 아래층으로 내려갔다.

나보다 내 딸을 더 좋아하시는 부모님 때문에 항상 잔소리를 들었지만, 그렇게 야단맞으면서도 가슴은 따뜻하였다.

내 딸은 할아버지 할머니의 무한한 사랑 속에 자랄 것이 확실하니까.

저녁을 먹고 차를 마시며 이야기하는 가운데, 어머니가 우리에게 섭섭함을 토로하신다.

좀 더 손녀와 함께 있고 싶은데 그러지 못하는 것이 못내 서운하셨나 보다.

그래서 아기는 모유 수유를 해야 하니 저녁에는 우리가 데리고 자고, 낮에는 어머니가 보는 것으로 하였다.

아직 아기가 기어 다니지 않으니 어머니가 보시는 데에 큰 무리 없을 터였다.

현주도 아기가 아무 탈 없이 커 가니 이제는 조금 안심되는 모양이었다.

초보 엄마의 한계가 이런 것이겠지.

원래 사랑은 내리사랑이라고, 그런 말이 있다.

아들은 미워도 손주들은 귀엽다는 말이 괜히 있는 것은 아니다.

게다가 딸아이는 별달리 보채거나 울지 않으니 얼마나 귀엽게 보이겠는가?

＊   ＊   ＊

아침이 되어 회사에 출근하니 사무실 분위기가 이상했다.

왜 그런가 했더니, 오후에 남자 직원 고창욱 씨가 사표를 제출했다.

좀 이상했다.

우리 회사 연봉이 아주 높지는 않아도, 낮은 편은 아니었다.

게다가 업무의 강도도 높지 않고. 그를 불러 이야기를 들어보았다.

"그래서 그만두겠다고요?"

"네, 저는 트레이딩을 해보고 싶습니다."

"고창욱 씨는 그쪽에 경험도 없지 않습니까? 증권 회사도 고작 인턴으로 1년 근무했을 뿐인데 그것이 가능합니까?"

나의 지적에 그는 얼굴을 붉혔다.

남자의 야망을 생각하면 그의 주장은 일리가 있다.

하지만 어느 누가 제대로 검증도 안 된 직원에게 돈을 맡기겠는가?

"……."

"모의 트레이딩이나 자신의 돈으로 투자해 본 적이 있습니까?"

"네, 모의 투자는 조금 해보았습니다."

"승률은요?"

"30% 정도 나왔습니다."

"모의 투자에서 그 실적이면, 실전에서는 까먹지나 않으면 다행이네요. 뭐 꿈이 그쪽이라면 말리지는 않겠습니다. 제가 아무리 월급을 많이 준다고 해도, 트레이딩과는 비교가 되지 않을 터이니 말입니다. 알았습니다. 언제까지 근무할 생각입니까?"

내가 사표를 수리해 줄 것처럼 말하자 그는 눈에 띄게 당황하기 시작했다.

이거 좀 이상하군, 하는 생각이 들었다.

내가 모르는 뭐가 있나, 생각하자 그제야 묘하게 이상한 사무실 분위기가 눈에 들어왔다.

'흠, 남녀 둘이 근무하는데 내가 나오지 않는 날이 많으니,

둘 사이에 무슨 일이 있었는지도 모르겠군.'

나는 그를 내보내고 여자 직원 이미나 씨를 불렀다.

남색 정장을 입은 그녀의 모습이 사뭇 여성스러워 보인다.

"고창욱 씨가 사표 낸 것을 알고 있나요?"

"네, 사장님."

이미나 씨의 표정을 보니, 역시 둘 사이에 무슨 일이 있었던 모양이다.

"명목상으로는 트레이딩을 하고 싶다고 하던데, 그의 경력으로는 어디를 가든지 힘든 일입니다. 둘 사이에 무슨 일이 있었습니까?"

나의 말에 이미나 씨는 얼굴을 붉힌다.

역시 뭔가 있는 게 틀림없었다.

가만히 생각해 보니, 작은 사무실에 청춘 남녀 둘만 근무하는데 무슨 일이 생기지 않는 것이 이상했다.

얼굴을 붉히는 그녀를 보고 내 나름대로의 짐작을 물었다.

"둘이 사귀었습니까?"

"아니에요."

이미나 씨가 강하게 부정한다.

그렇다면 고창욱 씨가 일방적으로 대시를 한 모양인데. 나는 혹시나 해서 물어봤다.

"성추행입니까?"

이미나 씨가 가만히 고개를 끄덕인다.

이유야 어쨌든 이런 문제라면 같이하기 곤란하다.

게다가 나에게는 고창욱 씨를 고집할 어떤 이유도 없었다.

그는 적당히 유능했다.

업무 처리 능력이 나쁜 편은 아니었지만, 그렇다고 대단히
뛰어난 것도 아니었다.

그리고 아무리 유능하다고 해도 아무 잘못이 없는 여직원
을 내보낼 수는 없었다.

"알겠습니다. 나가 보세요."

남녀가 작은 사무실에서 같이 근무하다 보면 감정이 안 생
길 수는 없지만, 그렇다고 일방적인 감정이어서는 곤란하다.

나는 그날 바로 사표를 수리하고, 퇴직금을 정산하여 그에
게 주었다.

성추행이나 성폭행은 습관성이 될 확률이 높기에 아무리
유능해도 함께하기에는 곤란했다.

나는 이참에 여자 직원을 한 명 더 구하기로 했다.

남녀 둘만 사무실에 덩그러니 있으니 이런 상황이 나온 것
같아서다.

남자 직원과 사무실을 관리하며 업무를 보조할 여직원을
구하기로 했다.

나는 이미나 씨에게 채용 광고를 올리라 해놓고 사무실을

나왔다.

그리고 오랜만에 SN 엔터테인먼트사로 발걸음을 옮겼다.

그동안 바쁘다는 핑계에 너무 아이들을 등한시한 것이 미안했고 또 요즘 어떻게 지내는지도 궁금했다.

사무실에는 김승우 대표가 없어 매니저와 잠시 이야기하다 나미를 만나 보았다.

여전히 귀여운 미소와 해맑은 웃음을 가진 아이를 만나자 기분이 좋았다.

"와, 사장 오빠 정말 오랜만이에요."

"잘 지냈니?"

"네, 히히힛."

"그런데 진미는?"

내 말에 나미가 얼굴을 붉히며 작은 목소리로 대답한다.

"진미는 배가 아프대요. 그래서 일찍 집에 갔어요."

"그렇군."

생리통 때문에 집에 간 진미를 생각하며 나는 속으로 웃었다.

꼬맹이들도 이제 여자가 되어가는구나 생각하니 쓸데없이 내 딸아이가 걱정되었다.

그리고 보니 17살이면 한창 나이구나 하는 생각이 들었다.

꽃이 꽃으로 자각되고 꽃으로 피어나는 시기, 인생에서 가장 싱그럽고 탐스러운 나이가 이때쯤 아닌가?

나는 아이들의 그 싱그러움이 부러웠다.

이제 나도 오십이고 삶의 고단함을 누구보다 잘 아는 나이였다.

비록 사람들에게 드러난 나이는 31살이라도, 나는 오십의 정신 연령을 가졌다.

내 나이가 오십이라 생각하자 참 서글퍼졌다.

사람들 앞에서는 31살이라고 말하지만 내 양심은 50살이라 말하고 있으니, 누가 뭐라 해도 나의 이런 마음을 대신할 수는 없었다.

나이를 먹어 가는 것, 즉 늙어 가는 것은 서럽지 않다.

나이를 먹는 만큼, 인생살이를 통해 가치관이 넓어져 삶이 여유로워진다.

젊은 시절의 치열함으로부터 온전한 자유가 이루어지는 시기다.

그래서 젊은 사람들은 나이 먹은 사람들을 불쌍히 여기지만, 의외로 나이가 들어가는 것을 즐거워하는 사람이 많다.

정신의 풍요로움에 비해 약해지는 육체가 괴로울 뿐이지.

"오빠, 왜 그래?"

"그냥, 이제 너희도 늙어 가는 것 같아서 그런다."

"엥? 무슨 그런 말도 안 되는 소리를 해요?"

나미가 소리를 꽥 하고 지른다.

"그래도 넌 늙어 가고 있어."

"히히, 오빠 괜히 부럽구나."

"연습은 잘되고?"

"응. 이번엔 진짜 대박일 거야."

"정말?"

"히힛, 정말이야."

나는 꼬맹이의 머리를 쓰다듬으며 따뜻하게 바라보았다.

"앗, 이거 성추행이다."

"이 꼬맹아. 저기 보이지?"

나는 안쪽 천장에 붙어 있는 CCTV를 가리켰다.

"판독해서 경찰서 같이 가볼까?"

"히힛, 항복."

나미는 웃으며 두 손을 머리 위로 들었다.

나미도 예전처럼 나에게 안기지 않는 것을 보니 확실히 여자가 되긴 된 것 같았다.

이제 좀 있으면 연애한다고 난리를 치겠군, 하고 생각하며 나는 다른 아이들을 만났다.

계약만 하고 거의 방치하다시피 한 아이들이었다.

차수정과 박경미, 이 둘은 모두 나미보다 한 살이 많다.

당연히 외모는 기본 이상 된다.

나는 나미와 경미, 그리고 수정이를 바라보며 말했다.

"사이좋게 지내고 있지?"

"네."

"당근이죠."

나미가 콧바람을 불며 대답한다.

아무래도 어릴 때 만나서인지 수정이와 경미보다는 더 정겹게 나를 대한다.

수정이와 경미는 조금 진중한 성격인 듯싶었다.

"그동안 바빠서 들리지 못했는데, 여기 김승우 대표님이 알아서 잘해주셨을 거야. 실력이 되면 당연히 알아서 데뷔시켜 주실 거니까 마음 급하게 먹지 말고."

"네, 사장님."

"사장님!"

"응?"

경미가 나를 빤히 보며 묻는다.

"정말 사모님이 서현주 씨예요?"

"그런데?"

"와아!"

아이들에겐 내가 사장이라는 것보다 현주의 남편이라는 사실이 더 어필되나 보다.

"거봐, 맞잖아, 언니."

나미가 혀를 내밀고 경미에게 말한다.

나는 그저 웃었다.

그렇게 아이들과 한참 이야기하다가 나왔다.

길을 걷다 고개를 들어 바라보니, 모처럼 하늘이 맑았다.

2장

행복이란 무엇인가

길을 걷다 STL의 옛 동료 이미주 씨를 보았다. 그녀도 나를 발견했는지 웃으며 다가온다.

"반갑습니다."

"와, 이열 씨 못 본 사이에 더 멋있어졌어요."

"에이, 농담도. 그리고 저 아빠 되었어요."

"정말요?"

"네, 딸이에요."

"정말 축하드려요. 어머, 이게 따님 사진?"

나는 대한민국 딸 바보 아빠가 그러하듯, 사랑하는 딸아이의 사진을 보여주었다.

"정말 예쁘네요. 현주 씨 많이 닮은 거 같아요."

"그렇죠?"

"네, 정말 판박이네요. 아참, 저 다음 달에 결혼해요."

"정말요?"

"네, 점을 지우고 다니니까 남자들의 대시가 많아지더군요. 그중에서 하나 골라잡았어요, 호호."

나는 약간은 기쁘고 약간은 서운했다.

아침마다 아메리카노를 내 책상에 올려 주던 그 추억이 사라져 서운했고, 그녀가 자신만의 그릇된 울타리에서 나와 세상을 당당히 맞이했기 때문에 기뻤다.

내가 좋아하는 스타벅스 커피를 주기 위해 아침마다 두 블록이나 걸어 아메리카노를 들고 와 주었던, 내 풋풋한 추억 하나가 이렇게 꽃처럼 지고 있었다.

추억은 이 세상 그 어떤 아름다운 꽃보다 아름답다.

추억이야말로 우리를 그리움으로 인도하는 매개체이며 삶이 아름답다고 증명할 몇 안 되는 것 중의 하나이기 때문이다.

그래서 내게는 내 아들 민우와 그녀의 엄마인 김미영도 추억이란 이름으로 가장 아름다웠던 순간들이 소중하게 포장되어 있다.

내 가슴에 그 추웠던 겨울날 죽어 가는 아들의 모습만이 남은 것은 아니라는 말이다.

아들과 같이 지냈던 그 따뜻했던 시간들이, 사진보다 더 선명하게 내 심장에 박혀 있다.

미워하지만 미워할 수 없는 아들의 엄마 역시 아름다운 부분들로 남아 있는 것은, 민우가 있기 때문이다.

아들을 사랑할 수밖에 없는 다정한 아버지로서의 추억은, 이제 그 누구와도 공유할 수 없는 나만의 비밀이 되어버렸다.

우리는 오랜만에 같이 걷고 같이 커피를 마셨다.

그녀는 얼굴에서 점만 지운 것이 아니라 사람들 앞에 막아 놓았던 마음의 담도 없어졌는지, 예전과는 다르게 말도 잘하고 자신의 관심사도 곧잘 표현하곤 했다.

그녀처럼 자신을 진흙 속에 묻어 두면서 가치를 알아 달라고 하는 것은 고단한 일이다.

시간도 오래 걸릴 뿐 아니라 잘못하면 영원히 진흙 속에 있어야 한다.

한 번뿐인 인생을 그렇게 낭비하면서 보낼 필요가 있나 싶었다.

뭐 남의 인생에 대해 내가 뭐라 할 처지는 아니지만, 이렇게 밝은 모습의 그녀를 보는 것은 즐거운 일이다.

그녀는 30분 정도 앉아 있다가 외근을 나온 것이라 하고는 회사로 돌아갔다.

그녀와 헤어지고 나서 커피숍으로 갔다.

이제 대부분의 투자가 마무리된 상황이라, 굳이 무리할 필요는 없었다.

무엇보다 이곳은 내가 가장 좋아하는 곳이며 또한 조앤 K. 롤링을 꿈꾸며 해리포터보다 더 감동적인 이야기를 쓸 장소가 아닌가?

"사장 오빠."

달려오는 소연이를 안으며 나는 커피숍의 직원들과 눈인사를 했다.

베티가 나를 보고 '멍멍' 하고 짖어도 손님들은 뭐라 하지 않는다.

여기는 그런 곳이다.

어린 소녀와 강아지 베티가 있는 커피숍.

내가 없었던 그 시간에도 소연이의 방에 있는 커피나무는 잘 자랐고 베티의 덩치도 많이 커졌다. 이젠 누구도 강아지라 하지 않을 정도로 커졌다.

안타까운 사실은 남성욱 씨가 여자 친구와 헤어진 것이다.

그렇게 그녀 앞에서 당당하기를 원했던 그였는데, 그의 피앙새는 다른 남자 품으로 날아가 버렸다.

그의 축 처진 어깨를 보며 나는 그 어떤 위로도 해줄 수 없었다.

남자와 여자가 사귀다 헤어지는 일은 다반사인데, 처지가 안타깝다고 내가 뭐라 할 수 있나.

내가 해줄 수 있는 것은 고작 늘어난 매출만큼 직원들 월급을 높여 주는 것밖에 없었다.

나는 이전보다 월급을 많이 올려주면서, 부디 직원들이 이곳을 안정적인 직장이라 생각하고 자신들의 꿈을 이루기 바랐다.

나도 느리지만 내 꿈을 향해 나아가고 있다고, 믿었다.

직원을 새로 채용하고 나서 나는 그동안의 투자 현황을 고객들에게 보고하는 편지를 보냈다.

그리고 일단 투자금에 대한 1차 정산을 하기로 결심했다.

애플과 구글 주식을 샀기 때문에 가지고 있던 돈이 별로 없었다.

그러니 고객이 위탁해 놓은 투자금을 정산해야 내게 돈이 들어올 것 아닌가?

계약자들마다 따로 약속 시간을 잡았다.

이번 일은 근무 연수가 가장 오래된 이미나 씨가 맡아서 진행하였다.

가장 먼저 찾아온 사람은 바이올린니스트 장진주 씨였다.

마침 한국에 들렀을 때 연락이 닿아, 서로의 일정을 맞추다 보니 가장 먼저 오게 되었다.

화려한 의상과 당당한 걸음으로 들어오는 그녀를 보며 나는 인물은 인물이라고 생각했다.

음악 쪽으로 대단한 명성이 있는 것은 아니지만, 그래도 누구나 이름 석 자는 알고 있을 만큼의 지명도는 가진 여자다.

"대표님, 오랜만이에요. 호호."

"반갑습니다. 어서 오세요."

그녀는 나에게 가벼운 허그를 하고 자리에 앉았다.

"그러고 보니 1년하고 조금 더 되었네요."

"네, 차는 무엇으로 드릴까요?"

"녹차가 되면 그것으로 주세요."

나는 이번에 새로 채용한 여직원 남다혜 씨에게 녹차와 아메리카노를 부탁했다.

내가 커피를 좋아해서 아예 커피 기계를 구입해 놓았다.

잠시 후 다혜 씨가 커피와 녹차를 가지고 왔다.

"차가 맛이 있네요."

"보성에서 직접 공수한 차입니다."

그녀는 차를 마시며 웃었다.

잔잔한 웃음이었는데, 삶의 여유가 있어서인지 멋져 보였다.

안타까운 사실은 이런 매력이 대부분 돈 있는 사람에게서 나온다는 점이다.

물론 돈만 아는 수전노를 제외하고 말이다.

나는 그녀에게 이번 수익률을 다시 이야기했다. 이미 편지에 기록하였지만 간략하게 설명하는 것이다.

"정말 믿을 수 없군요. 1년 사이에 20억이 65억이 되다니요?"

"수수료를 제하면 그렇게 많지는 않습니다."

"아, 그래도 그게 어디에요? 난 은행 이자만 나와도 다행이라 생각하고 있었거든요."

"수익률 45억 2천 2백만 원에 대한 저희 쪽 수수료를 제하면 30억 조금 안 됩니다."

"아, 수수료가 많군요."

"아직 초기라서 그렇습니다. 회사가 안정기에 접어들면 조금은 내릴 생각입니다. 주식 거래라는 것이 생각보다 어렵습니다. 한순간이라도 판단을 잘못 내리면 엄청난 금액이 날아가니까요. 저는 수익률보다는 안전을 가장 우선으로 하고 있으니, 어지간하면 손해 볼 일은 없습니다. 즉 안전하게 하고서도 이렇게 얻었으니, 결코 많은 금액을 떼는 것은 아닙니다."

"호호, 누가 뭐래요?"

말은 그렇게 해도 45억에서 30억으로 갑자기 수익이 줄어

들었으니 조금 어이가 없는 모양이다.

나는 그런 그녀의 모습을 보며 웃었다.

우리 측 수수료는 처음 계약할 때 이미 다 이야기했고 공증도 마친 상태다.

이렇게 보면 인간의 탐욕이란 끝이 없다.

1년 사이에 20억이 50억이 되었는데도 섭섭한 표정이 나오는 것은, 인간인 이상 어쩔 수 없는 일이었다.

"그 은행 수익으로 말씀드리면 아무리 고금리 상품에 투자를 했어도 수익률은 2억이 넘어가지 않고, 부동산에 투자했다면 5억을 넘어가지 않습니다. 또 부동산이라는 게 좋을 때는 한없이 좋다가 한 번 막히면 팔려고 해도 팔 수 없죠."

"네? 그게 무슨 말씀이세요?"

내 말에 장진주 씨가 몹시 놀라 반문한다.

아무래도 눈치가 부동산을 좀 가지고 있는 것 같기에 물어보았다.

"혹시 부동산을 가지고 계십니까?"

"네, 빌딩 두 채를 가지고 있어요."

"아, 투자용입니까? 아니면 소유가 목적입니까?"

"물론 투자죠."

"그러면 이 정권 말기에 모조리 팔아 치우십시오."

"왜죠?"

"달도 차면 기운다는 말이 있습니다. 이 정권 들어서 부동산 가격이 너무 올랐습니다. 아마 상투를 잡은 사람들도 많을 것입니다. 밑에서 떠받치지 못하면 가격은 내려갈 수밖에 없습니다. 주식이야 회사가 물건을 많이 만들어 잘 팔면 끝없이 올라갈 수 있지만, 부동산은 말 그대로 움직이지 않는 재산입니다. 땅값이 상승하지 않으면 시간이 지날수록 그 가치가 내려갈 수밖에 없는 구조입니다. 알아서 하시겠지만 주식에서도 무릎에서 사서 어깨에서 팔라는 격언이 있지 않습니까? 욕심을 버려라 그런 의미가 절대 아닙니다. 개인 투자자들이 자주 오해를 하는데, 발목과 머리는 개인이든 기관이든 살 수도 팔 수도 없습니다."

"네? 그게 무슨 말이에요?"

"최저가는 주식마다 다르지만 불과 30초도 안 되는 시간에 끝나는 경우도 상당히 많거든요. 이것을 어떤 개인이, 또는 기관이 맞출 수 있겠습니까? 그래서 무릎에서 사는 것이 제일 싸고 어깨에서 파는 것이 가장 비싸다고 보시면 됩니다. 항상 그렇지는 않지만, 회사 자체에 문제가 없다면 제 말이 맞을 겁니다. 물론 특이하게 오랜 적자 끝에 신약을 개발했다 이러면 발끝에서도 구입할 수 있지만, 이런 경우는 또 대부분의 사람들이 관심을 가지지 않으니 힘들죠."

장진주 씨가 심각한 표정으로 내 이야기를 듣는다.

보아하니 덩치가 큰 것을 가지고 있는 모양이다.

이런 경우는 대부분 상속을 받은 것이다.

내 누나가 외할머니에게 유산을 받아 제법 큰돈을 가지고 있듯, 대부분의 사람은 거액의 상속을 받았을 때 주체하지 못하고 탕진하는 경우가 많다.

마치 로또에 당첨된 사람들이 그 많은 돈을 2~3년 안에 다 날려 버리듯 말이다.

그런데 장진주 씨는 재테크에 관심이 많아 재산을 이리저리 불린다.

이렇게 어린 나이에 저러기는 쉽지 않다.

나도 첫 번째 사업을 말아먹은 이유가 너무 큰돈을 한꺼번에 주머니에 가지고 있어 제정신이 아니었던 탓이 컸다.

정신을 차리고 보니 주머니는 이미 텅 비어 있었다.

장진주 씨의 경우는 어릴 때부터 교육을 제대로 받아 온 것 같았다.

그렇지 않고서는 거의 불가능한 태도였다.

돈이라는 것이 그렇게 쉽지 않다.

나도 나이가 50이 되고 전생에서 2번이나 크게 말아먹었으니 평정심이 유지되지, 그렇지 않다면 번 돈으로 흥청망청했을 것이 틀림없다.

그녀가 돌아가고 오후에는 투자자 2명을 더 만나 이야기를 했다.

장진주 씨도 나머지 두 사람도 다시 내게 투자했다.

이렇게 거의 일주일을 고객과 이야기하는 것으로 보냈다.

일부는 자신의 돈을 찾아가고, 대부분은 그대로 내게 돈을 맡겼다.

그렇게 해서 배당된 돈이 255억이나 되었다.

지난 1년 2개월 동안 노력한 대가치고는 많았다.

1차로 투자금을 정산하고 나니 소문이 나기 시작했다.

나는 내가 투자할 돈을 마련하기 위해 정산한 것에 불과했는데, 큰손들 사이에 소문이 나 돈을 맡기겠다고 찾아오는 사람들이 꽤 많아졌다.

원래 돈 소문은 빨리 나는 법이다. 그리고 부자일수록 이런 소문에 민감하게 반응한다.

나야 위험을 감수하고 돈을 맡기겠다는데 거절할 이유가 없었다.

어느 오후.

나는 STL의 재직 시 알았던 장상국 씨와 이야기를 하다 앤디 루빈(Andy Rubin)이 2003년 삼송 전자를 찾아왔다는 말을 듣고서야 연도를 착각하고 있었음을 알았다.

정확한 소식통에 의하면 그는 안드로이드 OS를 제공하겠다는 아이디어를 제안했으나 거절당했다고 한다.

스티븐 레비 와이어드 수석 기자가 '구글 안에서(In The Plex)' 라는 책에 잘못 썼기 때문에 착각하고 말았다.

이때 앤디 루빈은 디자인 회사인 데인저(Danger)의 부사장으로, 단말기 자판을 옆으로 밀어 올리는 기술 사이드킥(Side—kic)을 제안했다는 말을 듣고 정신이 번쩍 들었다.

그래서 부라부랴 앤디 루빈의 전화번호를 알아내 그와 만날 수 있었다.

앤디 루빈은 2003년 안드로이드를 설립했으며 2005년 구글에 매각했다.

그리고 2006년 구글에 합류하게 된다.

물론 나는 당시 이 사실을 몰랐다.

다만 그를 만나 구글에 매각되기 전 투자가 가능한지 알아보고 싶었다.

앤디 루빈은 안경을 썼으며 약간 머리가 벗겨진 외모였는데 인상은 좋아 보였다.

이때는 직원이 불과 8명에 지나지 않았다.

그는 나를 환영했는데, 이유는 예상보다 안드로이드의 개발 속도가 느렸기 때문이다.

내가 알고 있던 그 대단한 안드로이드의 명성과는 너무나 다른 모습이었다.

그제야 나는 안드로이드가 구글의 힘으로 성장한 것을 알아차렸다.

허탈했다.

결국 내가 할 일은 안드로이드의 개발의 속도를 더 빠르게 하여 구글에 비싸게 매각되게 하도록 자금을 대는 것밖에 없었다.

나는 그 자리에서 50억을 투자하고 지분을 35% 가지기로 계약했다.

나중에 생각해 보니 구글이 굳이 안드로이드를 선택한 것은, 구글이 광고가 주력 사업이고 이미 강력한 시장을 가지고 있기 때문이었다.

수익이 크지 않았기에 인수한 것이다.

안드로이드의 장점은 이전의 다른 OS와 달리 개방형 플랫폼을 가진다는 점이다.

기존의 삼송 전자나 노키아 같은 기업과는 맞지 않았고, 그래서 구글이 안드로이드를 키워 배포한 것이다.

소스 코드를 공개하니, 이를 이용하여 기업들이 쉽게 소프트 프로그램을 개발할 수 있게 된다.

그 사실을 깨닫자 내가 너무 안드로이드에 큰 기대를 했었음을 알게 되었다.

안드로이드사 앤디 마틴과의 계약을 마치고 한국으로 돌아와 보니, 몇몇 기업과 국회의원이 징벌적 보상 제도는 한국의 실정에 맞지 않다는 말을 하기 시작했다.

적들의 반격이 시작된 것이다.

그동안 여론에 밀리고 있어 추세를 지켜보다, 더 이상 밀리면 안 될 것 같자 본격적으로 반격에 나선 듯했다.

TV를 보고 있자 국회의원 장소동이 나와 대담을 한다.

그는 장황하게 한국의 특이한 경제 구조를 지적하고, 아직 우리나라의 경제 규모로는 힘들다는 이야기를 했다.

그 모습에 웃음도 안 나왔다.

세계 경제 규모 8위의 나라가 불가능하면 도대체 어떤 나라가 가능하단 말인가?

나는 말없이 그들의 반격을 지켜보았다.

반대파 국회의원은 장소동, 한광휘, 나열명 등 주로 여당이 많았다. 의외였다.

여당은 진보적인 인사가 많다고 알았는데, 좀 이상했다.

물론 야당인 오세호, 김진철 등의 인물도 있었지만, 그 사람들이야 원래 그런가 보다 했다.

기업으로는 역시나 친일이 많았다.

로타 그룹은 물론 삼일 건설, 한성 그룹, 그리고 미래 그룹, 상양 전기 등 막강한 기업들이 나서서 반대했다.

나는 저번에 괜히 나서 S 그룹의 이맹현 회장의 추적을 받은 것이 생각나 이번에는 자중하기로 했다.

필요할 때는 무력을 사용해야겠지만, 그렇다고 모든 일을 무력으로 해결할 수는 없는 일이다.

그리고 이 힘이라는 것도 절대적이진 않다.

오늘날 무기 기술과 정보 통신의 발달은 마법의 위대함을 앞질러 버렸다.

마법사가 마법 수식을 계산해 마법을 발현하는 것보다, 적들이 스위치 하나만 누르면 더 엄청난 결과를 가져오는 게 현실이다.

오히려 마법이 불가능한 원거리 타격을 GPS의 도움으로 매우 정밀하게 하기도 한다.

그래서 나는 4서클의 마법 인비저빌리티를 배우기 전에는 가능한 모험은 하지 않기로 결심했다.

국회의원들이 발의하는 수많은 법률은 사실 그다지 중요하지 않은 것이 대부분이다.

있어도 그만 없어도 그만이니 발의만 해놓고 사장되는 것이 수두룩하다.

하지만 이번은 사회적 파장이 컸기 때문에 쉽게 결정할 수 있는 사안이 아니었다.

나는 저무는 해를 보며 생각했다.

정의란 무엇인가?

인간은 어떻게 살아야 하는가?

한참 생각을 하는데 딸아이가 울어댔다.

나는 급히 뛰어가 아이의 기저귀를 갈아주고는 미소 지었다.

'그래, 내게 정의란 너의 행복이란다.'

나는 말없이 혼자 노는 딸을 지켜보았다.

저녁 준비를 하시던 어머니가 아이의 울음소리를 듣고 나오시다, 나를 보고는 부엌으로 다시 들어가셨다.

행복이란 구체적 형상이 있는 것이 아니니 생각하기 나름이지. 그래서 나는 행복하다고 믿었다.

*　　　*　　　*

우리는 모두 TV를 쳐다보았다. 그리고 말을 잊었다.

희대의 살인마가 잡히는 장면을 생방송으로 보고 있었던 것이다.

유영철이 잡혀 가는 모습을 보며 현주가 '어머!' 하고 놀란다.

나뿐만 아니라 어지간한 일에 내색을 잘 안 하시는 아버지조차 놀란 듯 혀를 차셨다.

그는 2003년 신사동의 단독 주택에 사는 명예 교수 부부를 살해하며 총 20명을 죽였다.

건장한 근육질의 그는 망치나 톱 같은 것을 이용해, 부유층 노인과 연약한 보도방 여자들을 주로 살해하였다.

우리는 그가 죽인 사람의 숫자에 놀라고, 범죄의 치밀함에 다시 한 번 놀랐다.

그는 증거를 없애기 위해 불을 지르거나 시체를 토막 내 야산에 묻기도 했다.

또한 살해한 여성의 지문을 흉기로 도려내기도 했다.

그의 살인 행각에 놀란 나는 아버지와 어머니, 그리고 아내와 1살 된 딸을 바라보았다.

세상이 어떻게 되려는지, 평범하게 사는 것조차 위험해졌다.

대한민국에서 지존파 이래 가장 잔혹한 살인마인 셈이다.

지존파의 일원이었던 김현양이 한 말이 아직도 기억난다.

너무나 충격적인 내용이었으니까.

잡힌 그는 인터뷰에서 '나는 인간이 아니다. 모두 잡아 죽이려고……. 엄마요? 내 손으로 죽이지 못해서 한이 맺힙니다' 라고 말했다.

그들의 4대 강령 중 하나가 '부자들을 증오한다' 다.

각자 10억씩 모을 때까지 사람을 죽이려고 했고 실제로 죽였던, 시체 소각장까지 만들어 두었던 희대의 살인마들.

그런데 그 7명이 죽인 사람의 숫자는 불과 5명이었지만, 유영철은 혼자 20명이나 죽였단다. 말이 안 나온다.

세상의 모든 부모가 그렇듯, 이런 뉴스를 접하면 걱정이 안 될 수 없다.

특별한 원한 없이 아무나 막 죽이니 막말로 재수가 없으면 당하는 것 아닌가?

유영철과 엇비슷한 세기의 살인마로는 미국의 제프리 다머가 있다.

17명을 살해한 자로, 성폭행을 한 뒤 사체를 식용한 희대의 살인마이다.

체포당했을 당시 염산에 녹아 있는 11명의 시체가 집에서 발견되기도 했다.

하여튼 날로 각박해지는 세상에 두려움을 느끼지 않을 수 없었다.

나는 며칠 동안이나 고민을 하며 지냈다.

어떻게 하면 가족의 안전을 지킬 수 있을까 하는.

나 역시도 절대 안전하지 않다.

앞에서 공격한다면 총이라도 어찌 피할 수 있는 마법사이지만 등 뒤에서 미친놈이 총이라도 쏜다면 속수무책일 수밖에 없다.

컵에 물을 따라 마셨지만 입이 썼다.

지존파도, 유영철도, 그리고 제프리 다머도 불우한 환경에서 자랐다.

하지만 불행한 사람이 그들밖에 없는 건 아니지 않은가?

불행을 남의 탓으로 돌리면 가슴속에는 원망과 증오밖에 남지 않는다.

하지만 내가 할 수 있는 것은 아무것도 없었다.

내가 아무리 마법사라도, '묻지 마 범행'에서 어떻게 가족을 안전하게 지킬 수 있단 말인가?

머리가 터질 듯이 고민을 하고 있는데, 세상모르고 자던 딸아이가 일어나 엎어치기 한 판을 한다.

요즘 들어 아주 가끔 기기도 한다. 우리는 아이의 재롱에 세상 근심을 잠시 잊었다.

내가 나지막하게 한숨을 쉬자, 현주가 다가와 어깨에 머리를 기댄다.

아무 말 없이 서로의 얼굴을 바라보며 위로 아닌 위로를 받는다.

부부란 세상을 같이 걸어가는 것이다. 그렇게 생각하며 나는 그녀의 어깨를 감쌌다.

'그래, 이렇게 살자. 아기 커가는 거 보며.'

나는 이날부터 더 열심히 마법 수련을 하기 시작했다.

막대한 마나를 심장에 쌓으면서 이제나 저제나 기다려도 4서클의 벽은 높기만 했다.

아무리 드래곤 하트의 마나가 정순하고 짙은 농도라 해도, 4서클의 벽은 어렵기만 했다.

나는 김원 씨를 만나 나머지 드래곤 하트를 모두 가공하였다.

예전에 가공한 경험이 있기에, 이번에는 시간이 무척 단축되어 일주일 정도 걸렸다.

내가 드래곤이 아닌 다음에야 드래곤 하트를 가공하지 않고서는 사용할 방법이 없었다.

3장

사람 사는 이야기들

오랜만에 친구 수한을 만나러 갔다.

어릴 때부터 친했던 그는 얼마 전 목사가 되었다.

S대를 나오고 군대 면제인 그는, 신부가 되겠다며 카톨릭 대학을 가려 했다.

물론 집안의 반대가 심했고, 그러자 그 친구는 목사가 되었다.

나도 좀 어이가 없는데, 부모님은 말도 못할 정도의 쇼크를 받았으리라.

왜 그랬어, 하고 물었을 때, 그는 어차피 믿음은 어용인데 무슨 상관이냐는 투로 대답했었다.

내가 목사와 신부는 완전히 다르지 않느냐고 묻자 그는 웃었다.

뭐가 다르냐고, 방식이 다르다고 하나님이 달라지는 것은 아니지 않느냐고.

종교가 없는 나조차 그게 무슨 이단 옆차기 하는 소리냐고 놀랐지만, 그는 웃으며 목사가 되었다.

신앙도 없는 것이 목사를 한다고 무슨 사기를 치고 있는 건 아닌지, 설교는 안 하고 매일 주위의 아픈 사람, 억울한 일을 당한 사람 도와주느라 하루를 다 보낸다고 주위 친구들에게 들었다.

교회 근처에 도착하니 그가 나를 보며 손을 흔들었다.

가까이 다가가자 '어, 왔어?' 하고 인사를 한다.

그는 폐품을 줍는 할머니를 도와, 주전자와 놋쇠, 그리고 폐지를 같이 줍고 있었다.

"안녕하세요."

"아이구, 어서 오세요. 목사님 친구신가 봐요."

"네, 좀 많이 건지셨어요?"

"목사님이 많이 도와줘서 할 만해요."

웃으시는 할머니를 보며 나는 무안했다.

얼굴은 그다지 나이 들지 않은 듯한데 칠십이 넘으셨단다.

"야, 돈 있으면 좀 내놔."

"어, 얼마나?"

"가진 것 다 내놔야지."

"현금은 별로 없는데, 계좌로 송금해 주면 안 될까?"

"어, 난 빈말이었는데 진짜로 줄 모양이네. 너 그러면 아주머니 아들 약값 좀 대줘라."

"응?"

친구의 말에 할머니가 무안해하며 아이구, 목사님 안 그래도 돼요, 한다.

"아줌마 아들이 아파. 동회의 미친 새끼들이 잘 알아보지도 않고, 서류에 큰아들이 있다고 생활 보호 대상자도 안 된대. 10년 이상 만나지 못한 아들이 뭐가 중요하다고. 내가 그 구청장에게 찾아가서 뭐라 했더니, 경비 새끼들이 졸라 쫓아오더라고. 하긴 뭐 내가 그동안 좀 그러긴 했지만……."

"아이고, 목사님이 욕쟁이야."

할머니는 그렇게 말을 하면서도 수한이를 신뢰하는 모습이다.

이건 뭐 목사를 신뢰하는 게 아니라 인간 수한을 신뢰하는 듯했다.

"아들이 일을 하지 못해. 심장병에 조로증이야. 30살인데 60살로 보여. 아주머니가 건강하게 살아야 하는 이유가 아들 때문이기도 해. 그러니 너같이 돈 많이 가진 놈이 내놔야지."

나는 아무리 가난한 사람이라도 프라이버시가 있을 것이라 생각하고 조심스럽게 할머니 얼굴을 바라보았다.

하지만 표정이 바뀌거나 하진 않았다.

평소에 하도 지랄을 하니, 어지간한 일은 그냥 넘기시는 듯했다.

나는 무안해서 결국 지갑을 열었다. 현찰이 별로 없어, 작은 돈을 주려니 무안했다.

"이거로 될까?"

"이 새끼, 부자가 40만 원이 뭐냐? 좆같은 새끼."

"미안하다."

"괜찮아, 안 주는 놈들보다야 낫지."

수한이는 40만 원을 할머니의 주머니에 마구 찔러 넣었다.

아이고, 안 돼요, 하는 할머니를 우격다짐으로 이기고는 손으로 브이 자를 그렸다.

"받아도 돼요, 이 새끼 졸라 부자예요."

"너 욕 그렇게 잘하는 거, 그 뭐냐, 큰 목사님들은 모르냐?"

"푸하하하. 어떻게 알아. 내가 아주 젠틀하게 모시는데."

"사악하군."

할머니를 집에 모셔다 드리고, 기어코 고물들을 다 수레에서 내려 주고야 돌아선다.

나도 별수 없이 그를 따라 폐지를 내려주었다.

"이거 왜 고물상 안 가져가?"

"좀 모아서 한꺼번에 가져가실 거야."

"그렇군."

"고마워요. 목사님."

"뭘요. 이런 거 하려고 목사 탈 쓰고 있는데요. 내가 설교하는 거 봤습니까?"

"호호호, 잘 가요. 목사님."

그렇게 돌아 나오면서, 차비 좀 달라고 교회에 찾아온 남자에게 있는 욕 없는 욕 해대는 수한이다.

육신이 멀쩡하면 폐지라도 주워서 팔란다.

70 넘은 할머니도 하는데 넌 뭐냐고 이 새끼 저 새끼하며 설치는데, 옆에 있는 내가 무안하여 고개를 돌렸다.

"왜 그랬어?"

"뭐, 저놈. 나도 처음에는 줬지. 알고 보니 돈 얻어서 술 처먹더라고. 나도 못 먹는 술을, 아 진짜."

침까지 꿀꺽 삼기는 그를 보며 조만간 목사에서 잘리겠군, 생각했다.

그래, 좀 더 설쳐서 제발 잘려라.

예배당 안에 들어와서는 손으로 성호를 긋는 놈의 모습에, 나도 포기를 하고 말았다.

"재미있니?"

"죽겠다. 목사도 아무나 하는 게 아닌가 보더라. 새벽 기도, 주일 예배, 수요 예배, 왜 이렇게 예배가 많냐?"

"푸훗. 날로 먹는 직업은 없으니까. 남들 눈에 쉬워 보이는 직업이 제일 힘들어. 나도 들어서 아는데, 편의점 알바가 아주 힘들다더라."

"그냥 서 있으면 되는데 뭐가 힘들어?"

"그게 힘들대. 다리가 마구 붓는다고 하더라고."

나는 녀석을 보며 웃었다.

일부러 이러는 걸 안다.

이 녀석의 가슴에 있는 슬픔을 아니까. 목사라는 직업을 선택한 것도, 슬픔을 감출 그 무엇이 필요했기 때문이다.

그래서 녀석이 무슨 행동도 밉지 않았다.

"힘들지 않아?"

"왜 힘들지 않겠냐? 신앙도 없는데, 이것도 못해 먹겠다. 다시 직장이나 다니려고 한다."

"아직도 못 잊는 거야?"

"어떻게 잊어."

"그래, 잊을 수 없지."

나는 그의 말에 고개를 끄덕였다.

아름다운 사랑을 한 그는 나와 비슷한 일을 겪었다.

이 녀석에게 종교는 자신을 감추는 포장이다.

이렇게 두꺼운 포장으로 감싸야 존재할 수 있는, 불쌍한 사람이다.

그에게는 모든 것을 다해 사랑한 여자가 있었다.

그녀가 죽기 전까지 함께했다.

그녀는 착하고 아름다웠지만 가난했다.

그녀는 가난한 자신의 운명을 저주하지는 않았다.

단지 그녀를 사랑한 남자의 너무나 대단한 학벌과 집안을 저주했을 뿐이다.

그녀는 내 아들 민우처럼 사랑하는 사람을 살리다 죽었다.

그녀는 암이었다.

급성 췌장암이었던 그녀는 친구에게 신장을 주고 갔다.

암 환자의 장기 이식은 잘 해주지 않지만 수한이 우겼다.

그는 앞으로 아무도 사랑하지 못할 것이다.

가슴에 그녀의 콩팥이 뛰고 있을 때에는 말이다. 그래서는 안 되는데.

내가 우울해 있자 수한이 오히려 나를 위로한다.

인생은 아무도 알 수 없는 것이라고 하면서.

그 잘난 체에 내가 나쁜 새끼라고 욕하자, 그는 자신은 목사이기 때문에 절대 나쁜 놈이 될 수 없다고 말했다.

'왜?' 하고 내가 묻자 그는 '원래 그래' 하고 대답했다.

나는 무늬만 종교인인 친구를 보며 인생의 꿈이 이렇게 소박할 수 있을까 생각했다.

영화 '인생은 아름다워'가 생각났다.

나치의 수용소 생활을 위해 유태인 아버지는 이것은 게임이라고 아들을 속인다.

게임이라 생각한 죠수아는 재미있게 수용소 생활을 한다.

아버지가 죽고 죠수아는 어머니와 만나며 영화는 끝난다.

이 친구에게 인생은 그저 게임이다.

종교도, 목사도, 신부도 특별한 것은 아니다.

그래도 인생은 살 만하다는 사실을 이 친구가 알 수 있을까?

그런 날이 혹시 올까?

나는 마음이 무거웠다.

인생은 생각보다 힘들다는 것을 이 친구를 보며 생각한다.

"그만, 목사의 가면을 벗지 그래?"

"그래야겠어. 구라 까는 것도 하루 이틀이지. 아, 성모 마리아님, 죄를 지었습니다."

"어떻게 가능했어? 목사 하는 거."

"그들은 마음을 읽을 줄 모르니까, 내가 나를 세뇌시키는 거야. 그러면 누구도 알아차리지 못하지. 알다시피 난 머리가 좋거든."

"나가 뒈져라."

"너 목사한테 그런 말 하면 길바닥에서 번개 맞는다."

"하하하."

나는 웃을 수밖에 없었다.

이런 친구도 있어야지.

세상은 다양하게, 때로는 빛나게 돌아가겠지.

인생은 아름답다.

나는 아주 적은 금액을 계좌 이체로 친구에게 줬다.

많이 줘 봐야 금방 다 남에게 주고 또 빈털터리가 될 테니까.

인생은 아름답다고 말할 수 있을까?

*   *   *

나는 친구와 헤어져 집으로 돌아왔다.

여전히 변함없는 어제 같은 오늘이 기다리고 있었지만 딸은 하루만큼 커 갔고 나는 하루만큼 늙어 갔다.

"여보, 우리 강아지 키울까?"

"강아지는 아기한테 안 좋지 않을까?"

"우리 딸에게도 베티 같은 친구가 있으면 좋겠다는 생각을 했어요."

"베티 같은 강아지를 구할 수 있으면 나도 찬성이야."

"헤헤. 내 친구가 한 마리 준대요."

나는 손을 들고 항복했다.

며칠 후 현주는 정말 강아지 한 마리를 가져왔다.

'잉글리쉬 세터'의 새끼였는데, 뭐 새끼는 다 귀엽고 예쁘지만 겨우 눈만 떠서 꼼지락하는 그 강아지는 무척이나 귀여웠다.

그런데 나중에 키가 상당히 커지는 개라는 것을 현주가 알고 받아 왔는지 모르겠다.

얼핏 보니 그냥 예쁘니까 데려온 듯했다.

사실 잉글리쉬 세터는 사냥견이지만, 성질이 온순하여 가정에서 키우는 데 무리는 없었다.

"이거 누구에게 얻어 왔어?"

"히히, 희영 언니 집에서 뺏어 왔어."

사촌 언니인 희영 씨 집에서 키우던 어미 개가 새끼를 낳았나 보다.

그녀가 지난번에 디자인해 준 다소 화려하면서도 아름다운 엠블럼은, 계속 우리 커피숍에서 사용하고 있다.

나는 머리가 아팠다.

굳이 반대하지는 않지만, 정말 개를 키우고 싶은 마음이 있던 것은 아니었다.

그리고 잉글리쉬 세터는 수려한 용모를 가진 데 반해, 털 관리를 매일 해줘야 하는 키우기 쉽지 않은 개였다.

하지만 동물과 함께 성장하는 것은 아이들에게 좋고 감성이 풍부해진다니 반대하기도 그랬다.

강아지가 먹는 분유를 따로 사서 때마다 먹이는 것도 일이었다.

그 작은 생명이 우유병을 빠는 모습을 보며 내 딸과 좋은 친구가 되기만을 바랄 뿐이었다.

강아지는 유진이 보다 배는 빠르게 자랐다.

아기가 기어 다닐 때 강아지는 뛰어다녔다.

크고 귀여운 눈이 세계를 인식하느라 온 집안을 뛰어다닐 때, 우리는 강아지의 이름을 지어야 했다.

원래는 딸아이가 지어야 할 이름이지만 그럴 수 없어 아이가 부르기 좋은 이름을 지어주기로 했다.

우리는 강아지를 엘리스라고 불렀다.

강아지는 자기의 이름을 알고 좋아하며 거실을 발발거리며 돌아다녔다.

영리한 강아지였다. 그리고 사냥개라 그런지 활동량이 상당히 많았다.

*　　　*　　　*

나는 이번에 새로 채용한 조형진과 이미나 씨에게 기업 분석을 맡기면서 로타 그룹, 미래 그룹, 한성 그룹, 삼일 건설에 대해 따로 조사하도록 지시를 내렸다.

저번에 위탁된 1차 투자금을 정산하면서 직원들에게도 성과급을 지불했다.

조형진 씨와 남다혜 씨는 채용되자마자 조금이지만 성과급을 받아 매우 기뻐했었다.

그러나 가장 기뻐한 사람은 이미나 씨였다. 자신의 연봉보다 많은 성과급을 받았으니 말이다.

지난해 엄청난 돈을 벌었지만 아직 내가 원하는 만큼은 아니었다.

그래서 나는 4서클을 올리는 일을 최우선으로 하였다.

드래곤 하트를 통해 날마다 흡수하는 마나의 양은 어마어마했다.

나는 하루도 마나 연공을 쉬지 않았다.

그러자 어렴풋하게 4서클의 문이 보이기 시작했고, 더 열심히 마나 연공을 했다.

때문에 주식 단기 투자는 아예 할 수 없어 장기 투자만을 했다.

2개의 드래곤 하트에서 뿜어져 나오는 막대한 마나가 심장을 강하게 두드렸다.

쌓이고 쌓인 희미한 마나의 띠가 심장을 감쌌다.

그렇게 형성된 서클이 심장을 돌고 돌아 마침내 부드럽게 안착했다.

거대한 드래곤 하트의 마나가 심장에 안착한 것이다.

마나는 서로 압착하고 응축되며 나노 실을 뽑아냈고 견고한 서클이 완성되었다.

나의 몸에 4서클의 마나가 엄청난 속도로 돌아가기 시작했다.

몸이 믿을 수 없을 정도로 가벼웠다.

3서클에 이른 지 불과 1년이 조금 안 된 시기라 사실 기대도 안 했었다.

그런데 드래곤 하트의 마나가 상상도 할 수 없는 공능을 가져다주었다.

두 개의 드래곤 하트로 마나 연공을 한 덕분에 이렇게 기대 밖의 성과를 이루었다.

나는 마나 호흡을 했다.

방 안 가득했던 마나가 단숨에 심장에 딸려 왔다.

번쩍, 하며 엄청난 속도로 심장을 따라 회전하며 돌았다.

사지를 휘돌아 나아갔다 다시 돌아오기를 반복했다.

나는 4서클의 인비저빌리티를 해보기 위해 주문을 외웠다.

몸이 흐릿해지더니 순식간에 사라졌다.

거울에 비추던 내 모습이 이제 전혀 보이지 않았다.

존재가 마치 사라진 듯, 거울은 투명하게 햇빛에 반짝이며 빛났다.

아, 아무리 생각해도 놀랍고 믿을 수 없었다.

만약 마도 시대의 마나 연공법이 아니었다면, 그동안 해왔던 마나 수련 양으로 단번에 5서클에 도달했을 것이다.

그러나 비록 4서클에 불과해도 심장에 쌓인 엄청난 마나는 심장을 강철같이 단단하게 만들었다.

4서클의 마법사는 상대적으로 낮은 서클이기 때문에 도달하는 속도가 빨랐는지도 몰랐다.

물론 평생 1서클도 이루지 못하는 사람들이 많다.

나는 드래곤 하트의 도움이 있었기에 어렵지 않게 4서클에 도달했다.

나는 몹시 흥분했다.

마치 아기가 순식간에 어른이 된 듯 힘이 넘쳤다.

상상도 못한 놀라운 마나의 능력이었다.

너무 좋아 소리를 지르고 싶었다.

기뻐하며 문을 열고 1층으로 내려왔는데, 현주가 TV를 보며 눈물을 흘리고 있었다.

나는 놀라 그녀의 곁으로 갔다.

"왜 그래? 무슨 일이 있어?"

현주가 TV를 가리켰다.

나는 그녀의 손가락이 가리키는 방향을 따라 화면을 바라보았다.

TV는 연신 바쁘게 화면을 토해 내고 있었다.

바다의 거대한 물결이 도시를 습격했다.

물결을 따라 쓰러진 건물 더미가 물 위를 둥둥 떠다녔다.

그 화면에는 비통, 절망, 공포 등 이 세상에 존재하는 모든 감정이 담겨 있었다.

사람들이 죽고 또 죽어 갔다.

너무 많이 죽어 통계조차 낼 수 없다고 한다.

12월 26일 인도네시아에서, 현지 시간으로 오전 7시 59분에 발생한 지진은 거대한 해일 쓰나미를 만들어 내었다.

10만 명이 사망했다는 보도가 나온 지 얼마 되지도 않아 숫자는 계속 증가하였고, 최종적으로 23만 명이 죽었다.

아, 이것은 나도 기억이 난다.

단순히 바다에서 시작한 지진이 해일을 일으키고, 거대한 물결이 해안을 타 도시를 습격한 것이다.

도시를 덮친 파도의 높이는 15미터라는 말도 있었고 30미터라는 말도 있었다.

해일에 죽은 사람의 숫자는 나의 머리로는 도저히 상상할 수 없었다.

지진은 호주—인도 판과 유라시아 판이 접하고 있는 인도네시아 수마트라 섬의 해저 40km지점에서 발행했다.

그러고 보니 2010년에도 아이티에서도 지진이 발생하여 22만 명이 죽고 100만 명의 이주민을 내기도 했다.

지구를 강타한 이러한 재해는 과학의 힘으로는 도저히 어쩔 수 없었다.

딸아이가 TV를 보고 울기 시작했다.

요즘 유진이는 기다 아주 가끔 서기도 하는데, 소파를 짚고 서서 TV를 보다 갑자기 울음을 터뜨린 것이다.

유진이가 울자 강아지 엘리스가 멍, 하고 짖는다.

깜짝 놀란 현주가 유진이를 안고 일어섰다.

'괜찮아, 괜찮아, 엄마 여기 있어' 라는 말과 함께 등을 다독이며 딸을 안심시키고 아내는 2층으로 올라갔다.

나는 망연히 TV를 바라보았다.

거대한 해일이 마치 내 몸을 덮치는 것 같았다.

내 영혼이 물결 앞에서 녹아내리고 있었다.

왜 인간은 자연 재해에 허무하게 죽어 가야 하는지, 저토록 약한 존재이면서도 끝없는 욕망을 벗어나지 못하는지 알 수 없었다.

동물들은 지진이 일어나기 전 생쥐에서부터 악어에 이르

기까지 산으로 도망을 가 버린 뒤였기에 거의 희생당하지 않았다고 한다.

인간만이 자연을 두려워하지 않으니 이런 혹독한 대가를 치르는 것이다.

4서클 마법사가 되어 기쁨으로 가득한 이날, 지구의 다른 한편에서는 엄청난 사람들이 죽어 갔다.

어떤 면에서 삶은 도저히 풀 수 없는 수학 공식보다 어려웠다.

연말에 닥친 지구의 비극에, 사람들이 마음을 모아 조금씩 기부금을 내기 시작했다.

나도 쓰나미를 당한 인도네시아의 주민들을 위해 적지 않은 돈을 냈다.

나의 돈도, 그리고 우리 국민들이 마음으로 모은 돈도 죽은 자를 살리지는 못한다.

다만 살아남은 자들이 더 이상 죽지 않도록 마음을 더하는 것뿐이다.

장티푸스와 콜레라 등 전염병이 예상된다는 전문가들의 진단처럼, 바다 밑에 쌓여 있는 시체들이 밖으로 드러날 때 2차 비극이 발생하지 않도록 우리는 소원을 빌었다.

쓰나미 때문에 연말 기분이 사라졌다.

지구 한쪽에서 사람들이 처참하게 몰살당했는데 술이나

먹고 흥청망청하는 일은 왠지 도리가 아닌 듯했다.

사람들 역시 이런 생각이 마음을 지배하고 있는지, 연말은 그렇게 쓸쓸하게 지나갔다.

아주 간단한 말을 하게 된 딸 덕에 집에 있는 식구들은 그나마 웃을 수 있었지만.

아이는 또래의 아이들보다 훨씬 건강하고 말도 빨리 배웠다.

또한 감성이 풍부해 노래 듣는 것을 좋아했다.

특히 나미와 진미의 노래를 광적으로 좋아했다.

*   *   *

우리는 강아지 엘리스 때문에 희영 씨 집을 몇 번 방문하게 되었다.

아직 어린 엘리스와 엄마인 아리는, 만나면 서로 좋아 펄쩍펄쩍 뛰곤 했다.

아리는 엘리스를 제외하고도 4마리의 새끼가 있었다.

그런데도 엘리스와 헤어질 때는 눈물을 흘렸다.

나와 현주가 아리에게 엘리스를 잘 키운다고 하자, 그 말을 알아들었는지 아니면 건강하게 크는 엘리스를 봐서인지 후에는 눈물을 흘리지 않았다.

짐승들은 본능적으로 누가 가장 강한지 안다.

집안의 어른이 아버지 어머니인 것을 알고, 엘리스는 알아서 재롱을 부렸다.

특히 퇴근해서 돌아오시는 아버지를 너무나 기쁘게 맞이하자, 처음에는 집에서 강아지를 키우는 것을 탐탁지 않게 여겼던 아버지도 결국 엘리스를 마음으로 받아들이셨다.

다음으로 역시 유진이가 중요한 인물인 것을 알아차리고는 딸아이와 잘 지내고 있었다.

처음에는 막무가내로 까불다가, 엄하게 기준을 정해주자 그다음부터는 쉽게 순응하기 시작했다.

영리하고 온순한 성격까지 지니고 있어, 집에서 키우는 데는 문제없어 보였다.

4장

철학이 필요해지는 순간

새해가 되었다.

시간은 너무나 빨리 지나가 2005년이 된 것이다.

올해는 나의 삶의 분기점이 될 터였다.

전생의 기억 덕에 날로 먹은 투자가, 올해부터 수확을 시작
하게 되니 말이다.

게다가 4서클에도 올랐기에 이제 본격적으로 나설 생각이
었다.

뭐 그래 봐야 아무도 모르게 하겠지만 말이다.

나는 정법에 들려 오랜만에 사람들을 만나고 백범 연구소

에도 들렀다.

무슨 놈의 법률 하나 만드는 게 이리 힘든지, 사실 이 정도면 현안이 수면 아래로 내려가 사람들의 관심 밖으로 사라져야 했지만 몇몇 기업의 지원도 있고 자금도 넉넉한 편이라 예전 같지 않았다.

시민단체를 찍어 누르는 기업들의 횡포는 이번에는 가능하지 못했다.

나는 여당의 장소동 의원을 타깃으로 삼았다.

이를 위해서는 사람들이 필요했다.

다행스럽게도 두레 공동체의 나동일 간사가 괴짜여서, 이상한 사람을 많이 알고 있었다.

그에게서 나상일 씨를 소개받았다.

나동일 간사의 사촌 동생이라 조금 안심이 되기도 하였다.

그는 컴퓨터 전문가로, 전자 기기와 관련된 것은 모두 다룰 줄 알았다.

또한 그의 소개로 진짜 흥신소를 하는 안정훈 씨를 만났다.

그는 한때 형사로 근무했었는데, 과잉 방어로 범인을 죽게 만들어 불명예 은퇴를 하게 되었다.

그래서인지 상당히 많은 인맥을 가졌을 뿐 아니라, 사람을 찾거나 조사하는 데 굉장한 기술을 가지고 있었다.

나는 이들을 만난 것이 즐거웠다.

사인호 씨는 빠르고 정확하지만 믿기가 왠지 찜찜했다.

국가 기관에 근무하는 냄새가 풍겨, 나의 내밀한 일을 의뢰하기에 마음이 놓이지 않았다.

나는 안정훈 씨에게 장소동 의원의 인적 사항과 비리 등을 의뢰했다.

다소 과묵하고 강해 보이는 그의 얼굴이 이게 왜 필요하냐 묻는다.

"돈이 필요하신 건가요? 아니면 호기심 해소가 필요한가요? 저는 둘 중 하나만 지불할 생각입니다."

"하하, 뭐 사실 알 필요도 없죠. 그런데 이 새끼가 짱짱해서 의뢰비가 좀 들 겁니다."

"상관없습니다."

"그렇다면야, 일단 착수금부터 청구합니다."

그는 돈을 청구했고 나는 두말없이 지불했다.

그는 나가면서 일주일마다 돈이 청구될 것이라고 했다.

나도 그렇고, 사실 털어서 먼지 안 나는 사람은 없다.

그리고 내 짐작이 맞다면, 장소동은 무척이나 큰 비리를 가지고 있는 인물이었다.

그에게는 직감적으로 시궁창 냄새가 나고 있었다.

국회의원은 국가에서 상당한 급료를 받지만, 수입보다 지출이 많은 직업일 수밖에 없다.

온갖 사람이, 그리고 단체가 찾아와 손을 벌리니 말이다.

그러니 항상 돈이 필요로 하는 직업이 국회의원이다.

일주일 후 나는 안정훈 씨가 준 장소동의 신상명세서를 보았다.

그는 엘리트 코스를 밟은 전형적인 인물이었다.

S대를 나왔으며 하버드 대학원을 졸업했다.

게다가 집안도 좋았다.

이렇게 좋은 과정을 거쳐 온 사람치고 그는 너무 막나갔다.

건설 교통위에 속해 있는 그는 각종 이권에 많이 개입했다.

이것에 대한 정확한 자료는 사실 얻기 힘들었고, 나는 이 사람의 여자관계도 알고 싶었다.

원래 접대의 꽃은 여자니까.

돈 있고 권력 있는 자의 끝은 결국 아름답고 매력적인 여자다.

특히 건설 교통위 소속 국회의원은 술을 많이 먹는다.

그리고 맹숭맹숭 술만 먹기는 힘들다.

매일 먹는 술, 먹다 보면 새로운 것을 원하게 되고 그러다 보면 여자를 찾게 되고, 시간이 흐르면 내연녀도 생기게 된다.

나는 그에게 삼일 건설의 오삼일 회장에 대한 비리도 의뢰했다.

정보 의뢰비가 많이 들어갔지만, 제공된 내용은 만족스러웠다.

백범 연구소가 객관적인 사료를 통해 친일 유무를 판단한다면, 안정환 씨의 흥신소는 개인적인 비리를 캐는 데 비상한 능력을 발휘하였다.

도청이나 미행은 기본이었고 경찰을 통해 얻어내는 정보도 많았다.

자료는 차곡차곡 쌓였다.

언젠가는 이들의 뒤를 밟아 비밀을 캐낼 생각이었다.

강력한 적을 무력화시키는 가장 좋은 방법은, 비리를 캐서 대중에게 공개해 공신력을 떨어뜨리는 것이다.

적을 적으로 싸우게 하고, 뒤에서 작업을 하는 것이 나의 생각이었다.

정의로운 사회를 만드는데 천천히 정석대로 가야겠지만, 적의 힘이 너무나 강하였고 아군은 약했다.

그다지 선호하는 방식은 아니지만, 이런 방법을 사용하는 것은 나쁘지 않았다.

사실 폭력에는 여러 종류가 있다.

가장 원초적인 무력을 나타내는 폭력은 가장 직접적이고 위협적이지만 사람들로부터 공감을 얻기는 힘들다.

두 번째, 언어폭력은 사람의 몸이 아니라 마음을 구타하는 것이라 때로는 더 아프다.

가정이 깨지고 친구 사이가 틀어지는 것은 말실수, 즉 언어 폭력 때문이다.

그리고 더 큰 폭력은 권력이나 돈으로 아예 사회의 구조를 뒤틀어, 가난한 자를 계속 가난한 상태에 남게 하는 것이다.

이들은 사람의 희망을 강탈하는 자들이다.

그러니 나의 폭력은 그들이 행하는 폭력에 비하면 사실 아무것도 아니다.

힘을 가진 자, 권력을 소유한 자를 그 자리에서 끌어내리는 것은 별로 힘들지 않다.

유명한 자니 명예를 훼손하면 힘을 못 쓰게 된다.

나는 이런 이유로, 가정집으로 보이는 비밀 요정에 스며들 었다.

일반 주택가 외진 곳에 있는 거대한 저택은 결코 요정처럼 보이지 않았다.

이들은 비밀 요정을 유지하기 위해 6개월마다 집을 바꾼다 고 한다.

말이 나올 만하면 옮기니, 단속에 걸릴 확률은 거의 없다고 봐도 된다.

나는 어둠을 틈타 바람처럼 담을 넘어, 2층 창문으로 침투 했다.

이제 이런 일은 제법 잘한다.

4서클의 마법사가 된 후 프레벨 착용 시간이 매우 늘어 거의 12시간은 버틸 수 있다.

게다가 4서클의 인비저빌리티는 거의 완벽한 도둑이 되게 해주었다.

'하아, 이거 아주 쉽군.'

나는 마치 연기처럼, 공기처럼 자유롭게 돌아다닐 수 있었다.

비록 두 가지 마법을 동시에 쓰는 것은 아직 자유롭지 않았지만 이 정도로도 충분했다.

나는 방문을 열었다.

2명의 여자와 한 명의 남자가 서로 몸을 더듬으며 기묘한 자세로 움직이고 있었다.

남자는 중년 나이에 근육질이었고, 여자들은 어리고 아름다웠다.

몸매도 날씬하고 키도 컸다.

세 명의 남녀가 내뿜는 거칠고 탁한 호흡과 신음이 리드미컬하게 방 안을 울렸다.

탁자 위에는 술과 과일 안주가 놓여 있었고, 아무렇게나 버려진 약 봉지도 보였다.

"하아, 헉 허억."

남자가 거친 숨을 내쉬자 여자 하나가 그의 몸을 더듬으며 비명을 질러댔다.

"아, 아악. 하학."

이름도 모르는 남녀의 정사를 바라보며 나는 문을 닫았다.

돈과 권력을 가진 사람이 자신의 인생에 대한 뚜렷한 철학을 가지지 못하면, 섹스와 마약에 쉽게 무너진다.

휘트니 휴스턴이 약물 중독으로 사망할 줄 누가 알았겠는가?

저들의 모습을 찍어 인터넷에 올릴 수도 있었지만, 남의 인생에 가능한 관여하고 싶지 않은 평소 나의 지론과 어긋나기에 그러지는 않았다.

2층 세 개의 방에 있는 남자들은 대부분 여자와 섹스를 하거나 하려던 사람들이었지만 장소동을 볼 수 없어 1층으로 내려왔다.

1층에도 여러 개의 룸이 있었지만 두 번째 방에서 그를 보았다.

그는 이미 조금 취해 있었고, 옆에는 두 명의 남자가 더 있었다.

술시중을 들어주는 여자는 없는 것을 보며, 세 명의 남자가 중요한 이야기를 나누고 있음을 직감했다.

여자가 있는 술집에서 남자들끼리 술을 마시는 이유는 그

것 외에 없었다.

"장 의원님, 이번 일은 만만치 않은 것 같습니다. 무슨 수를 내야 하지 않겠습니까?"

"그러게 말이오. 그렇다고 어떻게 할 수도 없잖소. 언론 보도를 통해 주목 받고 있으니, 손쓰기도 쉽지 않아요."

"남도일이만 어떻게 하면 될 것 같은데. 남도일이 그 새끼한테 딸년이 하나 있다고 아는데, 그년을 건드려 보는 것은 어떻겠습니까?"

"장 사장, 남도일이 성격 몰라서 그래? 그런 일로 눈 하나 깜짝할 자가 아니야. 먹통이지 먹통."

지금까지 말을 하지 않고 가만히 있던 사람이 입을 열었다.

"이러면 어떻겠습니까? 그들이 상상할 수도 없는 돈을 줘 매수하는 것입니다. 물론 안 통할 놈들은 애초부터 빼야겠지요. 적을 쓰러뜨릴 수 없다면 분열시켜서 힘을 약화시켜야죠."

"호오, 괜찮은 생각이긴 한데 돈이 좀 들어갈 텐데요."

후에도 비슷한 대화가 오갔다.

그 뒤 여자들이 들어와 같이 술을 마시다, 각자 여자들과 2층으로 올라갔다.

은밀한 요정이라 그런지 문을 열고 닫는데 소리가 거의 나지 않았다.

게다가 다들 술을 먹고 섹스하는 것이라 여닫히는 문에는 전혀 눈치채지 못했다.

나는 여자가 장소동의 옷을 벗기고 유혹하는 모습을 지켜보았다.

장소동이 여자의 손길에 정신을 차리지 못하고 헉헉댔다.

그다음부터는 평범한 남녀의 섹스였다.

나는 장소동과 함께 있었던 사람들의 방에도 들어가 촬영을 하였다.

헐떡이는 남녀의 숨소리와 교성을 듣던 나는 요정을 나왔다.

인비저빌리티를 사용할 수 있게 된 이후로 도청이나 도촬이 쉬워졌다.

예전처럼 보이지 않는 천장에 숨어 마음 졸이며 촬영하지 않아도 되었다.

나는 바로 집으로 돌아왔다.

현주는 이미 잠들어 있었다.

예전 같으면 자지 않고 기다렸을 텐데, 딸아이가 태어난 후 조금 달라졌다.

게다가 이제 유진이가 기어 다니니, 돌보는 것이 쉽지 않은 듯 보였다.

초보 엄마인 데다 강아지 엘리스마저 보살펴야 했으니.

피곤해 잠들어 있는 그녀를 보며, 나는 아까 그 장면들을 되뇌었다.

인간이란 어쩔 수 없는 존재다.

의식주가 해결되면 다른 것을 탐하게 된다.

그런데 할 게 별로 없다는 점이 문제다.

대부분의 인간이 의식주를 해결하려 전투와 같은 치열한 삶을 살아가는 것에 비해, 아까 그 사람들은 어떻게 인생을 즐길까 생각한다.

불행히 나도 그 부류에 들어가 있었다.

내 삶에 있어 분명한 철학이 필요해지는 순간이 다가오고 있었다.

시간이 지나면서 상상도 하지 못할 돈들이 쌓이고 있다.

먹고사는 것만 놓고 본다면, 나는 이제부터 아무것도 안 해도 된다.

하지만 살아 있는데 어떻게 아무것도 안 하고 존재할 수 있다는 말인가?

이것이 문제였다.

나는 스파이 캠코더로 찍은 영상을 컴퓨터로 돌려 보면서, 이것들을 인터넷에 올려야겠다고 생각했다.

음모가 시작될 징조가 보였기 때문이다.

일반인에 비하면 거의 전능에 가까운 힘을 가지고 있으면서도 나의 싸움이 지루할 수밖에 없는 이유는, 적이 분명하지 않기 때문이다.

잘못된 제도와 비틀린 사회의 룰을 고치는 것이 내게는 매우 중요했다.

잘못된 제도는 직접적으로 누군가를 죽이거나 상해 입힌 것은 아니지만, 실제로는 가지지 못한 자들을 영원히 절망에 빠지게 만든다.

계속 이렇게 간다면 결국 상위 몇 %만을 위한 나라가 된다.

그런 사회에서 살아간다는 것은 비극이다.

남들은 행복하지 못한데, 괴롭고 절망스러운데 내 배만 부르다고 행복하다 말할 수 있겠는가?

나를 절망시켰던 이병천과 같은 힘있는 자들이, 더 이상 힘으로 압박하지 못하게 만들고 싶었다.

그러기 위해서는 제도가 바뀌고 환경이 변해야 한다.

이것은 무척이나 고단한 일이다.

그냥 죽이고 아공간에 시체를 집어넣어 은닉한다면 쉽게 진도가 나가겠지만, 그렇게 하면 더 심각한 여러 문제가 발생할 수 있다.

느리지만 정석대로 하는 것이 가장 확실한 방법이다.

사람들이 의식하지 못할 정도로 느릴 수도 있다.

하지만 나무는 그 성장이 눈에 보이지는 않아도, 수십 년이 지나면 하늘을 뒤덮을 정도로 커지지 않는가?

나는 이런저런 생각을 하다 잠자리에 들었다.

✳   ✳   ✳

장소동을 도찰하고 온 다음 날, 나는 어쩔 수 없이 TV 데뷔하는 꼬맹이들을 지켜보아야 했다.

좀 더 나이가 들어 연예인 활동을 했으면 하는 바람이 있었지만 아이들이 강력하게 원했다.

아직 판단력이 부족한 사춘기 소녀들이지만, 그들의 의사를 완전히 무시할 수도 없는 법이다.

뮤직뱅크 첫 출연이라 해서, 나는 아내와 함께 구경 가기로 했다.

사실 나보다 현주가 더 원했고, 나는 따라나선 것이다.

현주는 나미와 진미를 좋아했다.

뭐 나미가 엄청 존경한다고 그렇게 방방 떴으니 나라도 좋아했을 것이다.

딸아이를 어머니에게 맡기고 방송국으로 가는데, 오랜만에 나들이라 그런지 현주가 조금 흥분되는 모양이다.

방송국 출입증을 만들려다, 현주를 알아본 직원의 도움으로 그냥 통과했다.

대기실로 가니 꼬맹이 둘이 조금 긴장되는지 홍분한 표정으로 서 있었다.

"애들아."

현주가 문을 열고 아이들을 불렀다.

"와! 언니!"

"어머닛, 웬일이세요?"

"우리 응원해 주러 왔구나. 히히힛."

역시 명랑한 아이들이라 대기실이 다시 시끄러워졌다.

나는 매니저 장만옥 씨, 그리고 SN 엔터테인먼트사의 직원들과 인사를 했다.

이 꼬맹이에게 붙은 인원은 매니저와 스타일리스트, 메이크업 아티스트를 포함하여 무려 8명이나 된다.

그만큼 회사에서 아이들을 중요하게 생각한다는 뜻이었다.

현주가 배우라 카메라의 각도나 긴장 푸는 방법들을 이야기해 주자, 아이들이 굉장히 좋아했다.

얼마 후, 아이들의 시간이 되었다.

"나 오줌 마렵다."

"뭐야?"

나미가 진미를 째려본다.

"아니, 말이 그렇다는 거야. 진짜로 마렵다는 것은 아니고."

"잘할 수 있어. 파이팅."

나는 아이들을 보며 한마디 했다.

"너희는 어리니까 실수해도 괜찮아."

"뭐예요? 그럼 우리가 실수하기를 바란다는 말이에요?"

"긴장 풀라는 말이었어."

"흥, 하나도 긴장하지 않고 있단 말이에요. 그렇지, 진마야?"

"응."

말은 그렇게 해도, 둘은 거의 부들부들 떨고 있었다.

역시 어린 17살 소녀였다.

아이들이 나가고 모니터를 통해 노래를 부르는 것을 지켜보았다.

요즘 한창 주가를 올리고 있는 배우 남궁찬과 남소현이 아이들을 소개했다.

"오늘 최고의 가수를 모셨는데, 누군지 아시겠어요?"

"글쎄요. 혹시 그녀들?"

"네, 얼굴 없는 가수였죠. 사랑에 빠진 딸기입니다. 저도 궁금해요, 어떻게 생겼는지. 여러분들도 궁금하시죠?"

남소현의 멘트에 방청석에서 '예!' 하는 호응 소리가 들려

왔다.

"사랑에 빠진 딸기가 부릅니다. 영원한 사랑."

귀엽고 예쁜 원피스를 입은 나미와 진미가 나와 노래를 부르자, 관객들이 쥐죽은 듯 고요해졌다.

아름다운 목소리가 마이크를 통해 울려 퍼지자 내 마음속에 잔잔한 파문이 일었다.

바빠 그동안 아이들의 노래를 한 번도 듣지 못했는데, 이번 노래도 좋았다.

현주가 내 손을 잡더니 굉장해요, 하고 말한다.

우리는 손을 잡고 모니터를 바라보며 아이들의 노래를 들었다.

이제 발걸음을 내디뎠다.

아이들의 인생이 새로 시작되었으니, 이전과는 모든 것이 달라지겠지.

아이들이 돌아왔고, 진미는 실수를 했다고 울음을 터뜨렸다.

나미가 그런 진미를 안으며 다독였다.

"괜찮아, 나도 틀렸어. 하지만 관객은 악보를 가지고 있지 않으니 우리가 틀린 줄 모를 거야."

"정말?'

울다가 웃는 진미를 바라보며 현주가 피식 웃었다.

아이들은 인생을 살아가면서 얼마나 많은 실수를 하는지 아직 모르는 모양이다.

아이들을 챙겨 데리고 나가려는데, 문이 살며시 열리며 예스터데이 멤버들이 몰려들었다.

"여기가 딸기 대기실인가요?"

조금 열린 문틈으로 정진이 얼굴을 내밀었다.

"앗, 정진 오빠당. 안녕하세요."

"안녕하세요."

얼굴을 붉히며 인사하는 아이들을 보던 정진이, 밀려서 방으로 들어왔다.

김동원과 신예성이 그 뒤를 따라 들어왔다.

"앗, 동원이 오빠."

갑자기 눈이 하트로 변한 나미가 김동원의 팔을 붙잡고 친한 체한다.

동원이 멋쩍은 듯 '안녕' 하고 말했다.

한창 최고의 주가를 달리고 있는 멤버들이 꼬맹이를 보러 온 것이다.

오늘이 첫 방송이라 SN 매니저들은 다른 가수들에게 인사를 시키지 않았던 것이다.

예스터데이 멤버들은 어쩜 그렇게 노래를 잘하느냐며 한 마디씩 칭찬을 했는데, 그때마다 아이들의 표정이 시시각각

변했다.

마치 천국을 거니는 천사의 표정만큼 흥분과 환희로 가득했다.

예스터데이가 가고 난 뒤에도, 한차례 폭풍이 지나간 듯 아이들은 한참 동안이나 정신을 못 차렸다.

아직 자신들이 연예인이라는 자각이 별로 없는 상황에서 최고의 인기 가수들을 보았으니 그럴 만도 했다.

"밥이나 먹으러 가자."

"사장 오빠, 지금 밥이 문제예요?"

"그럼 뭐가 문제인데?"

"어……. 문제는 없어요."

"그러니까 먹으러 가자고."

"미워, 미워. 오빠 미워."

"하아, 밥 사준다고 욕먹는 사람은 나밖에 없을 거다. 너희가 아직 성장기라 매니저님들에게 밥은 꼭 챙겨 먹이라고 부탁드렸는데, 아무래도 취소해야겠다."

"네? 아니 왜요?

먹는 것에 예민한 나미가 발끈했다.

아, 이 녀석은 먹보다.

첫 노래도 나미에게 빵을 사주기로 약속하고 들었었다.

아이들의 이유 없는 반항에 내가 곤혹스러워하자, 현주가 웃으며 다독였다.

역시 연예계의 선배이고 자기들보다 엄청 유명한 현주가 나서자 금방 정리되었다.

대기실을 나오는데 본관 로비로 정우성이 지나간다.

아이들은 '와! 정우성이다' 하고 소리를 지르고는 달려가 사인을 받아 왔다.

사실 꼬맹이들을 만나는 것은 즐겁고 유쾌한 일이다.

밝아진 진미는 볼 때마다 놀랍다.

왕따였던 아이가 이제 스타가 되어 가니.

그러고 보니 이 아이들은 사연이 많아 나중에 인터뷰를 해도 재미있을 것 같다.

진미는 왕따에 자살 소동을 일으켰고, 나미는 암에 걸렸던 적이 있는 데다 가수 나미의 조카이기도 하고.

나는 아이들이 좋아하는 고기를 사주기 위해 갈빗집으로 갔다.

아이들은 긴장을 했던 터라 무척 많이 먹었다.

나는 스텝으로 따라온 사람들에게도 마음껏 먹으라고 했다.

그러고 보니 커피숍, 투자 사무실 직원들과 단 한 번도 회식을 하지 않았다.

너무하지 않았나 하는 생각이 들었다.

그러다 문득 새로 합류한 아이들이 생각나 전화를 해 오라고 했다.

수정이와 경미가 매니저와 함께 도착했다.

나는 열심히 먹고 있는 사람들에게 경미와 수정이를 소개했다.

"이 아이들도 우리 회사 소속입니다."

사람들이 먹다가 박수를 쳤다.

아이들이 얼굴을 붉히며 고개를 숙여 인사했다.

"이리로 앉아. 여긴 알지? 내 아내 서현주."

"반가워요."

"언니, 만나게 되서 영광입니다. 차수정이라고 합니다."

"언니 팬이에요. 저는 박경미라고 해요."

"많이들 먹어. 뚱뚱해진다고 계약 해지하거나 그러지 않을 테니, 마음 놓고 먹어."

"네."

아이들은 고기를 맛있게 먹었다.

이참에 한우를 한 마리 사서 잡을까 하는 생각을 했다.

얼마 전 아버지에게 들기로, 아버지 친구 20명이 모여 한우를 한 마리 잡았는데 꽃등심과 같은 맛있는 부위는 그 자리에서 구워 먹고 나머지는 20kg씩 들고 왔다고 했다.

여기서 먹는 금액이면 한우 반 마리는 잡을 것 같았다.

한우가 비싼 이유는 100프로 유통비 때문이다.

나는 수정이와 경미에게 미안한 감정을 가지고 있었다.

나를 믿고 계약했는데, 정작 신경을 못 써주니.

그래서 솔직하게 요즘 바빠 챙겨 주지 못해 미안하다고 하자, 수정이와 경미가 놀란 눈으로 나를 바라보았다.

"말 그대로야. 무지 바빴거든. 딸기가 좀 뜨면 이제 너희도 준비를 해야지."

"정말요?"

"SN 엔터테인먼트사가 결정하는 것이지만, 준비만 되면 데뷔도 나쁘지 않지. 실력들은 좀 늘었어?"

나는 김승우 대표로부터 최근 이들의 실력이 많이 늘었다는 말을 들었었다.

"네, 많이 늘었어요. 장옥희 선생님이 칭찬해 주셨어요."

"그래? 대단하구나."

장옥희는 장세창 PD의 친동생으로, 이번에 미국에서 귀국하자마자 수정이와 경미를 지도해 주고 있었다.

나는 사실 만나 보지는 못했다.

그러나 들리는 말로는 상당한 실력이 있는 데다 순수하게 보컬 트레이너로만 본다면 오히려 장세창 프로듀서보다 낫다는 말이 있을 정도였다.

나는 수정이가 안쓰러웠다.

가정 형편이 많이 안 좋아 내가 지불한 계약금으로 집을 얻을 정도라니.

그래서 수정이와 계약은 다른 아이들보다 조금 더 긴 7년으로 되어 있다.

사실 수정이는 길거리 캐스팅을 경험해 본 적이 있다.

연기자가 될 마음이 없냐는 물음에 마음이 설레기는 했지만, 자신은 연기보다는 가수가 더 하고 싶었기에 나를 찾아온 것이다.

가만히 보면 미모가 자체 발광하는 그런 급은 아니지만 참 개성 있게 생겼다.

이 아이들이 우리 소속사가 된 것은 나미 때문이다.

라디오에 출연하여 있는 말 없는 말 다 까발려서, 나에 대한 이야기가 세상에 많이 알려지게 되었다.

게다가 현주의 남편이라는 프리미엄도 있으니, 사람들의 흥미를 끄는 것은 어렵지 않았겠지.

아이들이 내게 고맙게 생각하는 것은 단 하나, 내가 수익보다 자신들의 장래를 더 걱정해 준다는 것.

성 상납이 만연하게 이루어지고 있는 연예계에서, 그런 일은 절대 없다고 단언하며 연애도 마음껏 하라는 소속사가 어디 있는가?

물론 내가 이렇게 이야기를 해도 SN 엔터테인먼트 측에서 아이들 관리를 따로 하겠지만 말이다.

고기를 먹은 아이들은 신이 났다.

술을 마실 사람은 가볍게 하라고 했다.

장만옥 매니저가 나가 현주가 마실 아메리카노와 카라멜 마끼야또를 사 왔다.

세심함과 배려는 장 매니저의 장점이다.

이런 세심함 때문에 SN은 매니지먼트를 시작하면서도 장만옥 씨에게 아이들을 케어하라고 그대로 유임했다.

"만옥 씨는 결혼 안 하세요?"

"네?"

약간 당황하는 것이 조금 수상하기는 했지만, 얼굴을 붉히는 그녀를 바라보며 나는 미소 지었다.

"결혼을 하셔도 계속 아이들을 맡아주셨으면 합니다. 스케줄은 조정해야겠지만, 결혼과 직장은 그다지 상관없습니다. 제가 아이들 연애를 말리지 않는 것을 보면 모르십니까?"

"네."

그렇게 헤어지고 며칠 후, 장만옥 매니저가 나를 찾아왔다.

"저, 저… 임신했습니다."

나는 놀란 눈으로, 얼굴을 붉히는 그녀를 바라보았다.

"아, 그렇군요. 어떻게 된 것입니까?"

"사실 결혼식은 못 올렸지만 결혼은 했습니다. 그리고…

아이가 하나 있습니다."

"아, 그렇군요."

정신이 약간 멍해졌다.

이렇게 용기를 내고 말한다는 것은 그만큼 나를 신뢰한다는 뜻인데, 그녀의 기대를 무시할 수는 없었다.

사실 사람 사는 게 거기서 거기다.

그리고 형편이 어려운 사람들은 맞벌이를 하지 않으면 생활 자체가 안 되는 경우가 많다.

"아기까지 있다면 조금 문제 있겠군요. 아기가 몇 살인가요?"

"이제 세 살 되었습니다."

"그렇군요. 딸기들은 이제 데뷔를 해 더 바빠질 텐데 곤란하군요. 그렇지만 아이도 있으신데……."

나는 곤란해졌다.

어떻게 할까 고민했지만 적절한 방법이 떠오르지 않았다.

나는 그녀를 보며 역시 쉬운 것은 없군, 하고 생각했다.

장만옥 씨가 있어 아이들에게 신경을 쓰지 않아도 됐었다.

그만큼 꼼꼼하게 아이들을 잘 관리했다.

그런데 어떻게 내가 이것을 몰랐을까?

"걱정하지 않으셔도 됩니다. 만옥 씨에게 불이익이 가지 않도록 처리하겠습니다. 그런데 임신 몇 주입니까?"

"4주예요."

"조심하셔야겠네요."

"네."

그러고 보니 그녀를 채용했을 때는 거의 일용직 비슷하게 생각했었고, 아이들도 데뷔하지 않은 상태라 제대로 이력서를 보지 않은 것 같았다.

그리고 결정적으로, 어려 보이는 외모 때문에 결혼을 했는지 물어보지도 않았다.

그때의 나는 정신이 없었으니까.

"조만간 SN 측과 협의하여 결론을 내리겠습니다. 어차피 SN에는 매니저들이 많으니까 걱정하지 마십시오."

"네, 죄송해요, 사장님."

"뭐, 다 그렇게 하면서 사는 거죠."

나는 웃으며 그녀를 보냈다.

하아, 정말 곤란해졌다.

새로 매니저를 뽑든지 아니면 수정이와 경미를 봐주는 매니저와 바꿔야 할 것 같았다.

SN의 김승우 대표와 이야기를 나눈 후, 그쪽 매니저들이 조금 더 신경 쓰기로 했다.

사실 지금 딸기 팀은 장만옥 매니저를 빼도 돌아가는 데는 문제가 없었다.

다만 아이들이 어리고 장 매니저를 잘 따르니 있었던 것이다.

　그리고 내가 연예계 쪽에 관심을 가졌던 이유는 물론 현주 때문이기도 하지만, 다른 사람에게 감동과 기쁨을 줄 수 있는 몇 안 되는 직업이기 때문이었다.

5장
애인
지니

장소동 국회의원은 연일 방송과 신문을 통해 징벌적 보상 제도는 아직 우리나라 실정에 맞지 않다고 주장하였다.

기업들로부터 단단히 받아 챙겼는지 아니면 그 자신의 소신이 그런지는 모르지만 강공 일변도였다.

별수 없이 도촬한 영상을 풀어야 할 것 같았다.

"이게 뭡니까?"

"장소동의 동영상입니다."

"네에?"

그는 이상하다는 듯 동영상을 돌려 보았다.

그는 보면서 '오 마이 갓'과 '대박'을 연발했다.

"어디서 나온 것입니까?"

"그거는 알 필요 없고요, 어떻습니까? 쓸 만합니까?"

"대박입니다. 그런데 저 동영상을 어떻게 하실 겁니까?"

"사용해야죠."

"하지만 사생활이라 잘못하면 우리도 문제가 될 수 있습니다."

"알고 있습니다. 그래서 일도 씨의 도움이 필요합니다."

"인터넷으로 터뜨릴 것입니까?"

"그랬으면 합니다."

"저대로 올리면 올린 사람도 정보 통신법에 의해 처벌받게 됩니다. 조금 컷을 해서 올리면 되겠네요."

"어떻게요?"

"필요한 것은 내용이지 사람은 아니지 않습니까? 동영상의 내용은 너무 인물 위주입니다. 흠, 잠시만요. 이런 식으로 편집하면 될 것 같습니다."

중요한 대화를 중심으로 장면을 자르자, 얼굴이 많이 가려지면서도 자세히 보면 누구인지 알게 교묘하게 편집됐다.

나머지 두 사람도 그렇게 처리하자 그럴듯한 내용이 되었다.

"인터넷으로 올리실 예정이면 여러 과정을 거쳐야 합니다.

물론 해킹 프로그램을 사용하여 다른 사람의 주민등록번호를 알아낼 수는 있지만, 작정하고 파고들면 걸릴 확률도 높습니다. 제3국을 경유하여 아이피를 수십 번 세탁하면 안전하지만, 요즘은 해킹에 대한 경각심이 높다 보니 걸리지 않는다 하기도 어렵습니다. 차라리 외국인 사이트에 올리는 편이 나을 듯합니다."

"그렇군요. 그럼 편집을 잘하셔서 이참에 중국이나 말레이시아 이런 데 좀 갔다 오십시오. 거기서 외국인 아이디로 올리시고, 쇼핑도 좀 하고 오세요."

"정말 그래도 됩니까?"

"네, 필요한 경비는 신청하시고, 누구에게도 말하지 마십시오. 아시겠어요?"

"물론이죠."

그는 기분 좋은 미소를 지었다.

누군가의 비행기 티켓도 같이 청구할 듯 얼굴이 사악하게 변했다.

이틀 후 편집된 내용을 보니, 정말 절묘했다.

그리고 그는 태국으로 출발했다.

그가 외국 사이트에 올린 동영상이 한국 인터넷 매체를 통해 번졌다.

제목이 '믿거나 말거나' 다.

이 동영상은 수많은 이슈를 만들어 내었다.

장소동은 동영상의 인물이 절대 아니며 이는 자신을 음해하는 것이라 주장했다.

하지만 그는 경찰에 고발하지 않았다.

뭐 자신이 한 말이었으니 할 수가 없겠지.

장소동을 노리고 올린 동영상이었는데, 오히려 같이 있던 두 남자에게 날벼락이 떨어졌다.

한 명은 이혼한다는 말이 나왔고 다른 하나는 회사에서 잘렸다.

일단 장소동의 예봉이 무뎌진 것만 해도 충분한 효과가 있었다.

이제 두려울 것은 없었다.

인비저빌리티가 가능하니, 덤비고 까부는 놈들은 족족 비리를 털면 됐다.

국회의원이 털렸으니 이제 어지간하면 조심들 하겠지.

4서클 마법사가 되었으니 나는 다시 주식에 집중했다.

여전히 수익률은 좋았다.

주식을 할 때면 나는 거의 기계가 되었다.

내리면 사고 오르면 파는.

강심장일수록 주식 수익률이 좋을 수밖에 없다.

게다가 인간의 심리도 알아야 한다.

주식은 인간이 거래하는 것이니.

그리고 꼭 알아야 하는 사실 한 가지.

주식은 인간의 절망을 먹고 피는 탐욕의 꽃이라는 것.

탐욕이 강한 사람일수록 주식은 실패한다는 말이다.

겨울의 차가운 바람이 점차 스러지고 있었다.

땅 위에서 풋풋하게 솟아나는 새싹이 봄이라고 말해주고 있었다.

시간은 빠르게 흘러갔다.

딸 유진이도 나이를 먹어 걷기 시작했다.

강아지라고 말하기에 너무 커진 엘리스는 유진이를 졸졸 따라다녔다.

아이의 눈에는 모든 것이 신기한지 묻고 또 물었다.

착하고 상냥한 현주였지만 어쩔 때는 화가 나는 듯했다.

그래도 차마 화를 내지는 못하고 참는 모습을 보이곤 했다.

그래서 자기 자식은 가르치기 힘들다는 말이 나온 말 같았다.

나는 아이의 질문은 매우 중요한 것이라고 말해주었다.

아이는 어른이 아니니, 어른의 시야로 바라보면 안 된다.

"그럼 어떻게 해?"

"대답을 해줄 때는 현주가 선생님이라고 생각하고, 유진이는 똑똑한 학생이라고 생각해. 얼마나 신기해? 그렇게 되면 어린 나이에 그런 질문을 하는 것이 신기해질 거야."

"그래도……."

"그러니까 선생님이 필요한 거야. 단순히 정보를 전달해 주는 것은 아니라는 말이지. 선생님이 존경받아야 하는 이유는 정보를 전달하기 때문이 아니라, 인내를 가지고 가르쳐 주시기 때문이야. 사람들은 착각을 하지."

"아, 정말 그러네."

정보는 인터넷을 통해, 그리고 그 외의 방법을 통해 얻을 수 있다.

하지만 아이들의 기준을 잡아주지는 못한다.

이게 학교가 필요한 이유다.

교사의 권위가 땅에 떨어진 것은 안타까운 일이지만 말이다.

*　　　　*　　　　*

자녀 양육은 생각보다 어렵다.

아이들은 부모가 전달해 주는 '정보'에 집중하는 것이 아니라, 부모의 '행동'을 보고 배우기 때문이다.

아이들은 시각과 청각이 발달해 있다.

그러니 의도가 담긴 딱딱한 정보보다는 자신의 눈으로 자유롭게 보고 듣고 배운다.

따라서 부모가 아이에게 모범을 보이기 위해서는 자신의 삶에 일관성을 가져야 하며 확실한 교육 철학이 있어야 한다.

아이들을 가르치려면 아이 수준으로 내려가야 한다.

아이는 어른이 될 수 없으니.

어른만이 아이들의 눈높이까지 내려갈 수 있다.

그렇지 않으면 아이가 물을 때 '이것도 몰라?' 하고 짜증을 내게 된다.

그러나 원래 그 나이 때는 모르는 것이 정상이다.

두 번째 사업을 할 때 회사가 어려워 중학교 시험 대비 문제집을 만든 적이 있다.

수학을 책임져 주셨던 박인환이라는 분이 있었는데, 그분의 딸이 수재였다.

그녀는 과외 한 번 받지 않고—한 번 학원을 다니긴 했는데 미술 실기를 위해서였다—대원 외고에 합격을 했다.

외고에 합격하고 난 다음, 아버지는 자신의 딸이 대원 외고에 지원한 것을 알았다.

그는 딸이 어릴 때 어떻게 지식을 얻을 수 있는지를 가르쳐 주었다.

모르는 것이 나오면 사전을 찾고 백과사전을 읽게 했다.

그곳에서 그녀는 지식으로 가득한 세상을 만난 것이다.

부모가 모든 것을 알 수는 없다.

모르면 솔직하게 잘 모르니 우리 사전을 찾아볼까, 하면 된다.

모양 빠진다고 괜히 아이를 다그치면 아이의 지적 성장은 거기서 멈추게 된다.

스스로 지식을 얻는 다양한 방법을 부모가 알려줄 필요가 있다.

나는 이제 비로소 걷기 시작하는 딸을 보며 어떻게 해야 좋은 아빠가 될 수 있을까를 생각했다.

자식은 부모의 가장 소중한 보물이 아닌가?

나는 이 보물을 소홀하게 다룰 생각이 없다.

어떻게 투자를 해야 딸이 행복해질 수 있을까를 진지하게 생각해 나갔다.

TV 뉴스를 보니, 오늘 또 대통령께서 한마디 하셨다.

노 대통령은 그 훌륭한 인품에도 불구하고 가벼운 입으로 인해 인기를 까먹고 있었다.

조금은 안타까웠다.

진보적 성향을 가진 정부에서 어느 정도 정의와 법 연구소의 주장을 도와줄 줄 알았다.

하지만 그들은 기존 기득권 세력과 싸우느라 체력을 소모하고 있었다.

나는 일찍이 인간의 이기심을 경험했다.

기득권을 없애려 하면 당연히 반대급부가 나온다.

절대 다수의 의석을 차지하고 있는 야당과 적대 관계를 유지하는 것은 어리석은 일이다.

그 전투는 늘 힘들고 고전 분투해야 하니까.

괜히 엄한 데서 힘을 뺄 필요가 어디 있는가?

그리고 싸워 이긴다 하더라도, 그때는 이미 탈진해 앞으로 자신들이 해야 할 동력을 잃어버리기 십상이다.

이래서 정치는 협상이라는 말이 나온 것이다.

이미 여당의 실패를 알고 있는 나로서도, 일련의 사태를 보면서 마음이 좋지 못했다.

야당에게 줄 건 주고 통 크게 사회의 룰, 구조를 바꾸는 데 신경 썼다면 얼마나 좋았을까?

아직 국회의원 중에 정법에서 다루는 징벌적 보상 제도를 법으로 제정하자고 나서는 사람은 없었다.

사안이 민감해서인지 시민단체에 입법 청원이 들어와야 행동할 듯했다.

*　　　*　　　*

오랜만에 커피숍에 나가 직원들을 만나자 반가웠다.

여기는 내 삶의 일터이자 여유가 있는 곳이다.

이곳에서 글을 쓰려고 했지만, 주식 투자를 조금 크게 하는 바람에 요즘은 제대로 쓰지 못했다.

"사장 오빠."

이제 제법 커진 소연이를 보며 나는 미소를 지었다.

이제 소연이는 초등학교에 들어가게 된다.

엄마와 떨어지기 싫어 새벽에 엄마와 함께 운동장에 나와 뛰었던 그 조그마한 아이가, 이제 한 달만 있으면 학교를 가게 된다.

"잘 지냈어?"

"네, 헤헤."

소연이의 그 천진한 웃음을 보니 행복했다.

나는 직원들에게 회식을 한번 했으면 좋겠는데 언제가 괜찮은지 물었다.

"회식이요?"

"네."

직원들의 표정을 보니 매우 좋아하는 듯했다.

사실 커피숍 직원들에 대한 대우는 무척 좋았지만, 단합 대회나 회식은 그동안 한 번도 하지 않았었다.

나는 직원들의 말을 들어보고, 이번 주 목요일에 저녁 식사 겸 회식을 하기로 했다.

전지나 지배인에게 빌딩 관리인을 통해 그날 옥상을 써도 될지 알아보라 했고, 그날 영업은 저녁 식사 전인 5:30분까지만 하라고 했다.

"사장님, 그렇게 되면 매상이 많이 줄 겁니다."

"괜찮습니다. 쉴 때는 쉬어야죠."

나는 웃었다.

내가 없어도 잘 돌아가는 커피숍을 보며 뿌듯함과 섭섭함이 동시에 드는 것은, 이 커피숍에 각별한 애정이 있기 때문이다.

이곳에서 재미있고 행복하게 일하는 사람들의 모습을 보니 참 기분이 좋았다.

"소연이는 이제 학교를 가겠구나."

"네."

나는 이곳에서 2년 가까이 지낸 소연이를 보며 웃었다.

그런데 소연이가 학교에 가면 베티는 어떻게 되는 것이지?

나는 소연이의 허리에 머리를 기대고 있는 베티를 보았다.

다정했다.

소연이를 위한 선물로 뭐가 좋을까 생각하다, 통장을 하나 만들어주기로 했다.

아이들에게 고급 선물을 사주기도 그렇고, 그렇다고 아무 거나 사줄 수도 없는 일이어서.

전지나 씨가 나에게 맡긴 돈이 벌써 3배로 불어났지만 그것은 그거다.

아이들에게 돈의 소중함을 알려주고 저축하는 습관을 가지게 해주는 것은 매우 의미 있는 일이다.

나는 소연이의 손을 잡고 가까운 은행으로 서 통장 하나를 만들었다.

"자, 이제부터 소연이가 여기에 저금을 하는 거야. 여기 있는 돈은 소연이가 좋아하는 아이스크림을 250개 사 먹을 수 있어. 그런데 아이스크림을 사 먹어도 되지만, 더 좋은 일에 쓸 수도 있겠지. 돈을 모아 놓으면 엄마 아빠가 아프실 때 도와드릴 수 있고, 베티가 아플 때도 쓸 수 있겠지."

내 말에 소연이는 심각한 표정을 지었다.

그제야 나는 말실수를 깨달았다.

아무 생각 없이 무심코 한 말인데, 소연이의 아빠가 병원에 있는 것이 떠올랐다.

소연이는 한참 생각하더니 내 품에 안기며 말했다.

"오빠, 나 열심히 저금할 거야."

그 말에 가슴이 먹먹하고 따뜻해졌다.

이제 겨우 8살 된 어린아이가, 좋아하는 아이스크림을 포기하고 아빠를 생각하는 모습을 보며 행복을 느꼈다.

소연이가 그 아이스크림을 얼마나 좋아하는지 아는 나로

서는 정말 감동했다.

내 딸도 이러면 좋을 텐데.

목요일에 결국 한우 한 마리를 잡았다.

부모님과 아내, 딸에게 줄 가장 맛있는 부위를 은근슬쩍 빼놓으며 속물스러운 내 모습에 멋쩍게 웃었다.

하루 동안 건물 옥상 사용 허가를 받고, 우리는 정확히 5:30에 영업을 마쳤다.

직원 한 명이 남아 방문하는 고객들에게 6시까지 커피를 무료로 대접했다.

커피의 원가는 그게 고급 커피라도 얼마 하지 않는다.

퍼 주면 다시 돌아온다.

단골을 만들고 커피숍에 대한 호감을 사니, 홍보 효과도 있고 대접하는 우리나 손님 모두 기분 좋지 않은가?

이제는 알아서 하는 직원들의 체계적인 모습이 만족스러웠다.

고기를 굽고 먹으면서 좋아하는 직원들의 얼굴을 보니 기분이 좋았다.

여기 오고 싶어 했지만 딸 때문에 포기한 현주가 생각났다.

요즘 약간 까칠해지고 감정 기복이 심한 것이, 약간 우울증이 있는 건 아닌지 의심되었다.

그녀는 세상의 중심이었다.

그런데 아이에게 매여 있으니.

아이를 사랑한다고 해서 갑갑한 일상이 모두 커버되진 않는다.

잠시라도 떨어져 있으면 언제 무슨 일이 벌어질지 모르는 아기를 보살피는 일은 결코 쉽지 않다.

'그러고 보니 고맙다는 이야기도 제대로 하지 못했군.'

그때 사장님 고기가 타요, 하는 소리가 들린다.

"아, 그렇군요."

"무슨 생각을 그렇게 하세요?"

조형진 씨가 내 얼굴을 보며 말한다.

투자 사무소 직원들에게도 밥을 먹고 가라 했었다.

남다혜 씨는 저녁 약속이 있다고 거절하다, 한우라는 말에 약속을 취소하고 모두 모였다.

나는 술을 좋아하지 않지만 직원들에게는 마시게 했다.

2차는 없으니 적당히 먹으라는 말과 함께.

그 말에 모두 야유했지만, 집에 있는 현주가 생각나 무시해 버렸다.

배불리 먹고 돌아가는 그들의 손에 남은 고기를 들려 보냈다.

한 마리를 잡았더니 고기가 엄청 남았던 탓이다.

게다가 소뼈도 잔뜩 남아 사골과 소꼬리 등은 자취하는 남성욱 씨와 고남희 씨, 그리고 아버지가 암 수술을 받았던 민정 씨에게 주었다.

나머지 뼈들은 원하는 사람이 가져가라고 하니 모두 한 덩어리씩 집어 간다.

회식은 정확히 6시에 시작하여 8시에 끝났다. 준비를 맡은 커피숍의 직원들은 쌈장과 상추, 마늘, 그리고 햇반까지 골고루 세심하게 준비했다.

다만 내가 술을 꺼려하자 준비한 것이 많이 남아버렸다.

＊　　　＊　　　＊

집에 갔더니 현주가 심통이 나 있다.

그런 그녀를 살포시 안아주려는데 슬쩍 피한다.

'응?'

일찍이 이런 적이 없었던지라 적잖게 당황스럽다.

"미안해. 혼자만 맛있는 거 먹고 와서. 먹는 내내 너와 우리 유진이가 마음에 걸렸어. 이건 진심이야."

내 말에도 그녀는 풀리지 않았다.

아, 심각한 무언가가 있구나.

그렇게 느끼고 그녀의 얼굴을 바라보며 침대에 걸터앉았다.

"하고 싶은 말 있어?"

"응."

"그럼 말해."

"나 너무 갑갑해. 다시 일하면 안 돼?"

"물론 돼."

"정말로?"

"학교도 다니고 싶으면 다니고. 어머니도 계시니까. 뭐하면 내가 집에 있어도 되고. 다만 아기들은 3살까지는 엄마 품에 있는 것이 좋다고 하니까, 너무 힘든 일은 하지 말고. 당신 아기 낳느라 무리해서 체력을 비축해야 해."

당연한 말을 했는데 현주는 감동했는지 눈물까지 흘린다.

확실히 우울증이라는 생각을 다시금 했다.

먼 친척 가운데 동생 하나가 결혼을 일찍 했었다.

그의 아내는 아이를 낳고 심한 우울증에 걸려 아이를 방치하였다.

아기는 죽다 살아났다.

결국 그 부부는 아내의 우울증이 심해져 이혼하고 말았다.

성당을 다니던 동생이 질병에 의한 사유로 신부님께 이혼을 허락받았을 만큼, 우울증은 위험한 병이다.

아직은 살아서 활동하고 있는 최진실 씨가 우울증이 있었다는 보도를 기억했기에, 조심스럽게 현주를 살펴보고 있었다.

우울증은 도파민, 세로토닌, 노르에피네프린 등의 신경전달물질 불균형으로 일어나는데, 현주의 경우는 임신 우울증이나 산후 우울증은 아니었다.

활발한 성격인데 아기를 낳고 난 후 집에만 있다 보니 오는 갑갑증이 그 원인으로 보였다.

위키백과에 의하면 작년, 그러니까 2004년도 우리나라 자살 통계는 11,492명으로, 하루에 31.4명이 자살했다.

자살한 사람의 약 80%가 정신 질환을 지니고 있었고 그중 80~90%는 우울증이라 추산되고 있으니 나는 조심스러울 수밖에 없었다.

"그런데……."

"응?"

내 말에 신 나 하던 현주가 고개를 갸웃거린다.

"일단 나를 때려. 마음껏."

"왜?"

"자기 힘들게 했으니까 남편 자격 없잖아."

"피이, 그건 아니다. 그리고 아기가 옆에 있는데 어떻게 당신을 때려요?"

"그런가? 그럼 옆방에서 때릴래?"

"당신, 뭐 있죠?"

그제야 눈치를 채고 쌍심지를 돋운다.

"응. 말해도 돼?"

"해보세요."

현주는 손을 허리에 얹고는 나를 바라보았다.

솔직히 조금 무서웠다.

이 나이가 되면 덤덤해져야 하는데 사랑하니 무서웠다.

혹시 그녀가 내 말에 상처를 받지 않을까 하고서.

그래도 이 말은 꼭 해야 한다.

"당신 호르몬에 이상이 온 것 같아."

"내 호르몬?"

"응."

"엉? 나도 모르는 사이에 내가 임신한 건가요?"

"그게 아니라 도파민, 세로토닌 등의 신경전달물질 불균형이 스트레스로 온 것 같아."

"그게 뭔 말이에요?"

"당신, 우울증 초기 같다고."

"네? 아하하하하."

현주가 배꼽을 잡고 웃는다.

그 모습에 나는 어리둥절할 뿐이었다.

한참을 그렇게 웃더니 갑자기 달려들어 뺨에 뽀뽀를 하기 시작한다.

"어쩜, 당신 너무 사랑스러워요."

"왜……?"

말을 하려는 순간 말랑말랑한 그녀의 혀가 입술을 파고들었다.

"헉."

깜짝 놀라 눈을 크게 뜨고 바라보는데 상당히 진지해서 말 없이 그녀와 키스를 했다.

키스 후 이야기해 보니 요즘 짜증이 나긴 했단다.

하지만 우울증은 아니고 그냥 심심했었다고 한다.

사랑스럽기는 한데 아기 보는 것은 힘들고, 나는 바쁘고, 어머니가 낮에 보아주시기는 하지만 집에 있으면서 손 놓고 있기 뭐했단다.

나는 그게 우울증 초기 증상이야, 하려다 입을 다물고 말았다. 우울증은 대단한 것이 아니다.

갑갑한 일을 당해 스트레스를 받으면 신경 호르몬에 이상이 온다.

무기력함과 두통은 몸에게 쉬라는 신호를 보내는 것이다.

하지만 바쁜 현대인들이 그렇다고 어디 쉽게 쉴 수 있는가?

'그래. 모로 가도 서울만 가면 되지.'

그녀가 굳이 병원에 가고 싶어 하지 않는다면 다른 방법으로 스트레스를 풀어주면 그뿐이다.

9장
웹 디자인

나는 가지고 있던 대부분의 돈으로 애플 주식을 샀다.

그것도 모자라 국내 주식을 모조리 처분하고, 그 돈의 반 이상을 애플 주식 사는 데 썼다.

작년부터 애플 주가가 무섭게 꿈틀거리고 있었기 때문이다.

이유는 정확하게 모르겠지만 아마 아이팟의 매출 때문이 아니었나 싶다.

2001년 아이팟이 처음 나왔을 때도 판매량은 엄청났지만 2004년 후속작 아이팟 미니가 나왔으니, 아이튠스의 영향 아래 이제 대세는 애플임을 확인시켜 준 것 같았다.

작년에 사 둔 애플 주식이 거의 배 가까이 올랐다.

뭘 더 망설이겠는가?

매해마다 폭발적으로 오르고 있는 주식을 사두면 골치 아프게 단기 매매를 하지 않아도 된다.

가지고 있던 돈의 거의 전부인 240억과 위탁된 투자금 800억 중 500억을 과감하게 투자해 애플 주식을 산 것이다.

투자 사무실 직원인 이미나 씨와 조형진 씨는 계속 한국의 기업들을 분석하는 일을 하였다.

한국의 상장 기업 모두가 그 대상이었다.

증권사에서 발행하는 상장사 회계 보고서를 참조하여 아주 세밀하게 분석하고, 때로는 기업을 탐방하기도 했다.

삼송 전자가 IMF 때 주당 4~5만 원이었다.

이때 샀다면 10년 만에 약 20배의 수익률을 거두었을 것이다.

그리고 2004년에 애플 주식을 사면, 40배의 수익률을 거두게 된다.

올해 애플 주식은 작년보다 더 올라갈 전망이다.

얼마 지나지 않아 아이팟 나노가 나올 예정이기 때문이다.

애플의 주식이 오르는 만큼, 올해가 지나면 더 많은 투자 위탁금이 들어올 것이 틀림없다.

이렇게 몇 년이 지나면 나비 효과처럼 위탁금은 날마다 늘어날 것이다.

사업을 할 때 자신의 돈으로 하지 않고 주식을 발행하거나 은행에서 차입한 돈으로 하듯, 투자 자금도 마찬가지였다.

나는 불과 1년 만에 수수료로 250억을 벌었다.

워렌 버펫이 자신의 돈만 투자했다 해도 여전히 엄청난 부자가 됐겠지만, 세계적인 부자가 되기는 힘들었을 것이다.

나도 그를 따라 부자가 되어 가고 있었다.

세계적인 부자는 아니지만 믿어지지 않을 정도의 많은 돈을 벌었다.

무엇보다 올해 기대하는 것은, 안드로이드를 구글이 얼마에 인수하느냐 하는 점이었다.

구글은 계속적으로 입도선매의 전략을 펼쳐 왔다.

검색 엔진을 제외한 대부분의 분야를 M&A를 통해 채워 왔다.

구글은 2년 전인 2003년에 'Applied Sementics'를 1억 2천만 달러에 인수했다. 이후 AdSense를 통하여 엄청난 수익을 얻는다.

구글은 광고로 벌어들이는 천문학적인 돈으로, 필요한 기업과 필요하다고 생각되는 기업은 무작위에 가깝게 M&A를 한다.

그런데 대부분의 기업들이 흑자를 기록한다.

유튜브의 경우는 한 해 10억 달러를 벌어들인다.

유튜브가 나오기 1년 전부터 구글에는 동영상을 올리는 구글 비디오가 있었다.

그런데 2006년 구글이 유튜브를 인수할 때 구글 비디오의 시장 점유율이 10%인데 반해 유튜브는 45%였다.

구글은 빠르게 패배를 인정하고 유튜브를 인수했던 것이다.

구글은 기업을 인수할 때 주식 교환 방식으로 하기에, 유튜브의 인수에 한 푼의 돈도 쓰지 않았다.

유튜브는 구글 주식의 1.8%를 받았는데, 이것은 주가가 오르면 하루 만에 복구되는 액수였고 실제로 유튜브를 인수한다는 소식에 주식이 올라가 거저줍다시피 했다.

올해는 안드로이드가 매각되는 해다.

원래는 5천만 달러라 알려졌지만 내가 투자한 후 어떻게 달라질지 모르는 일이다.

지금 애플이나 구글에 투자하면 돈 버는 것은 누워서 떡 먹기다.

사람들로부터 투자금을 많이 받으면 받을수록 많은 돈을 버는 것은 자명하다. 그래서 투자금을 위탁해 오는 족족 다 받았다.

오후 한 시가 조금 넘어 투자 회사에서 업무를 보고 나오는데 장인어른에게 전화가 왔다.

"네, 장인어른. 저를 보자고요?"

[바쁘지 않으면 오늘 중에 회사로 오게.]

"알겠습니다."

전화를 끊고 나서 왜 장인어른이 나를 찾는지 궁금했다.

별다른 일이 없었기에 곧장 왕십리의 서해 주물로 갔다.

정문을 지나 안으로 들어서는데, 회사 분위기가 예전과 같지 않았다.

사장실로 들어서자 장인어른이 반갑게 맞이하신다.

"어서 오게."

"잘 지내셨습니까?"

"그럼, 그럼. 자주 놀러 오지 그랬나. 아내가 유진이를 보고 싶어 하네."

"죄송합니다. 조만간 유진이와 함께 찾아뵙겠습니다."

비서가 타다 준 커피를 마시며 장인어른의 이야기를 들었다.

장인어른은 사업을 접으려고 직원들을 순차적으로 내보내고 계셨다.

믿었던 상무와 공장장이 배신하였으니, 사업에 오만 정이 떨어졌던 것이다.

"나도 자네처럼 커피숍을 하나 해볼까 하는데, 어떤가?"

"뭐 커피숍을 하시는 것은 괜찮습니다. 그런데 큰 사업을 하시다 작은 가게를 운영하기 괜찮으시겠습니까?"

"이제 은행 찾아다니는 것도 지겹고, 단가 후리치는 기업에게 고개 수그리는 것도 쉽지 않네. 할 일이 없었으니, 그리고 지금까지 해왔으니 했지. 이제는 정이 없네."

"그럼 제가 좀 알아보겠습니다."

"그렇게 해주게."

하긴 나이 드신 장인어른이 의뢰인들의 비위를 맞추기는 쉽지 않았을 터였다.

일반 기업의 실무자들은 30대 전후인데 그 어린 사람들 앞에서 고개를 숙이는 것은 힘들다.

나는 그런 생각을 하며 회사를 나왔다.

중소기업의 비애는 해보지 않은 사람은 모른다.

잘나가던 회사도 조금만 삐끗하면 망하는 건 한순간이다.

나이가 들면 그런 모험을 하기보다 안정적인 일을 찾는다.

게다가 장인어른은 배신이라는 쓴잔을 마셨으니, 그것도 회사의 가장 중요한 사람 셋이 그랬으니 얼마나 어이없으며 억울하겠는가?

나는 배신당한 사람의 감정을 누구보다 잘 안다.

나도 20년 가까이 속아 왔으니.

아, 과거는 생각하지 말자. 아픔과 그리움이 교차되는 애한만 남았으니.

행복했고, 그리고 절망했다.

한없이 민우가 그립지만 이제는 잊어야 한다.

내 마음 가장 깊은 방에 아들 민우를 남겨 두고, 이제 현실의 아내와 딸을 위해 열심히 살아야 한다.

그렇게 하기 위해 현주를 사랑하고 결혼한 것 아닌가?

머리를 흔들고 차에 타 시동을 걸었다.

창문을 내리자 차가운 바람이 얼굴을 스치며 지나갔다.

바람에 얼굴이 닿으니 기분이 나아졌다.

나는 누구인가?

나는 왜 여기에 있나?

내 삶은 과연 괜찮은 것인가?

삶은 행복하다고 가치 있는 것인가?

질문들이 차가운 공기와 함께 머릿속을 어지럽힌다.

이러한 질문에 대답하기 위해서는 더 열심히 살아야 한다.

내가 철학자는 아니지만, 그리고 철학자라 하더라도 인생의 답을 아는 것은 아니니, 느리더라도 올바른 방향으로 가야 한다.

그렇다면 내 인생의 방향은 어디로 가야 올바르단 말인가?

갑자기 울컥하고 기분이 이상해져 차를 고속도로로 몰았다.

아무 생각 없이 차가 잘 다니지 않는 곳으로 오다 보니 외곽 고속도로를 탔다.

어디로 갈까 생각하는데 아내와 아이의 얼굴이 어른거린다.

'내참, 뭐하는 짓이지? 우울증에 걸린 현주를 위로해 줘야 할 내가 감상에 젖어 있으니.'

차를 다시 돌려 집으로 오는데 현대 백화점이 보인다.

무작정 그리로 몰아 주차장에 주차를 하고 여성용품을 파는 층으로 갔다.

아내가 좋아할 만한 옷들을 고르다 보니 대부분 단정하거나 심플한 디자인이다.

아내는 청바지나 티셔츠와 같은 가벼운 옷을 즐겨 입는다.

그래도 선물인데, 하는 생각에 과감하게 여성스러운 옷을 골랐다.

명품관에도 들려 이것저것 사다 보니 어머니와 아버지가 마음에 걸린다.

그렇게 아버지 어머니가 좋아할 것들도 샀다.

아기 것으로는 살 게 없었다.

아직 제대로 걷지도 못하는 아이에게 이 백화점의 비싼 옷을 입히는 것은 반대지만, 그래도 양심에 걸려 아기 용품을 하나 사고 집으로 돌아왔다.

집으로 들어오니 현주가 뛰어나오며 반긴다.

"뭐야?"

"응, 당신 선물."

"정말?"

현주가 양손에 가득한 쇼핑백을 보고 함박웃음을 짓는다.

역시 여자는 선물에 약하다.

아니, 대부분의 인간은 선물에 약하다. 그리고 공짜에도.

어머니는 현주의 선물을 보며 부러워하면서도 섭섭해하는 표정이 선연하다.

나는 그 모습이 더 웃겼다.

"이거는 어머니 겁니다."

"뭘, 이런 걸."

내가 내민 구찌 백을 들고 좋아하시는 모습이 보인다.

"열어 보세요."

"알, 알았다."

어머니는 입가에 미소를 가득 머금고 작은 가방을 열어 본다.

"어머나, 이게 뭐니?"

"선물이에요."

어머니는 보석 상자를 여시고는 깜짝 놀란다.

"아니, 아니, 이게 웬 거니?"

어머니의 손에 든 다이아몬드 반지를 보며 어리둥절해하셨다.

"사랑해요, 어머니."

나는 뻣뻣하게 서서 작은 소리로 말씀드렸다.

갑자기 어머니와 현주가 굉장히 놀란 표정으로 바라본다.

"진심이에요."

"안, 안다."

평생 동안 이런 고백은 아주 어릴 때 외에는 없었으니, 어머니가 들으시고 당황하신다.

아, 난 몹쓸 놈이구나.

어떻게 사랑한다는 말에 어머니가 이런 반응을 하실 수 있단 말인가?

내가 부모님을 잘 모셔야 하는데 뭐가 바쁘고 뭐가 쑥스럽다고 마음 담긴 말 한마디 하지 못하고 살아 왔던가?

내가 사랑을 표현하는 말을 하는 데는 채 3초도 걸리지 않았다.

50년 인생 동안 모든 것을 주신 부모님에게 내 마음을 3초도 표현하지 않았구나 생각하니 슬퍼졌다.

물론 나는 항상 부모님을 사랑하고 존경했으며, 내 삶의 태도와 행동에서 그것은 분명히 나타났겠지만 표현하는 것과 안 하는 것은 하늘과 땅 차이다.

어머니는 처음엔 무척 당황해하며 슬쩍 현주의 눈치도 살 폈지만, 이후 아버지가 들어오실 때까지 기분 좋게 콧노래를 흥얼거리셨다.

2층으로 올라오면서 현주에게 '당신도' 했다.

"응?"

"사랑한다고."

"풋."

웃고 마는 현주를 보며 나는 얼굴을 붉혔다.

아직 신혼인데 아기 때문에 힘들어 하는 현주를 보니 미안 한 마음이 들었다.

"그리고 미안해."

"뭐가요?"

"어린 당신을 데려와 아기 엄마로 만들고 무심했던 거. 그 래도 나 당신 사랑해."

현주가 내 어깨를 손으로 때린다.

"당신 나를 안 믿는구나."

"응?"

"내가 어리다고, 엄마 자격 없다고 생각하는 거 아녜요?"

"무슨 소리를."

내가 기겁하며 놀라자 현주가 웃는다.

"나 어리지 않고, 그리고 여자야. 여자로서 엄마가 되고 싶었고 당신 아기 낳아 키우고 싶었어. 엄마의 조건에 나이 제한이 있는 것은 아니잖아. 그리고 사실 난 보통 엄마들보다 편하고. 낮에는 엄마가 유진이 봐 주시고 일해 주시는 분들도 계시고. 그래서 불평하면 안 되는 거야. 그리고 이렇게 많은 선물도 받고."

현주는 쇼핑백에서 옷들과 가방 액세서리 등을 꺼내 하나하나 입어보고 착용해 봤다.

"너무 마음에 들어요. 나 결혼 잘한 것 같아요."

"그 이야기는 좀 위험한 발언이야."

"네에?"

"그 생각을 유지시키려면 매일 이렇게 선물 사줘야 할 거 아냐?"

"그럼 남들이 욕해요. 아주 가끔 사줘도 돼요."

"그리고 이게 진짜 내 선물이야."

나는 작은 카드를 그녀에게 주었다.

옷을 산 곳에서 카드를 준비해 주었다.

현주는 호기심 가득한 표정으로 글을 읽다 눈물을 흘린다.

그렇게 한참 울다가 내게 기대어 온다.

"너무 감동적이야. 이거 당신이 썼어요?"

"아니, 조금 전에 엘리스에게 대필시킨 거야. 강아지치고는 잘 썼지?"

"치이. 너무 멋지다. '별처럼 아름답고 고귀한 여인이 내 품에 날아온 날, 나는 인생을 새롭게 살기로 했습니다. 그녀가 행복할 수 있게 최선을 다해야 하니까요.' 정말 이렇게 해 줄 거야?"

"응, 잘될지는 모르지만 최선을 다할게."

"나도, 나도. 내가 더 사랑할 거야."

"그리고 우리 딸 잘 키우자."

"응."

우리는 말없이 손을 잡고 아버지가 오실 때까지 침대에 같이 앉아 있었다.

얼마 후 아버지가 오셨고, 나는 준비한 선물을 드리며 '존경합니다, 아버지' 했다.

아버지는 껄껄 웃으며 돈 필요하냐고 물으셨다.

남자는 사랑을 받는 것도 좋아하지만 존경받는 것을 더 좋아한다.

뭐, 사람마다 차이가 있으니 꼭 그렇지는 않지만.

저녁을 먹은 뒤 딸아이를 데리고 방으로 돌아오는데 현주의 눈빛이 새롭다.

마치 별빛처럼 곱고 밝다. 아기가 잠에 빠지자 현주가 기대어 왔다.

내가 왜, 하고 묻자 작은 소리로 '당신하고 하고 싶어요.'

한다.

어쩐지 아까부터 나를 보는 눈빛이 은근하긴 했었다.

나는 아내의 옷을 벗기며 밤하늘의 별처럼 빛나는 아름다운 몸을 깊숙이 어루만졌다.

삶은 창조할 수는 없지만, 원하는 대로 만들어 갈 수는 있다.

아내의 몸을 만지며 그 부드러운 감촉을 즐겼다.

결혼하기 전보다 약간 살이 올라서인지 섹스를 할 때 더 자극적이고 좋았다.

*   *   *

애정과 신뢰가 가득 담긴 현주의 사랑스러운 몸짓에, 한껏 달아오른 몸이 저절로 반응한다.

한껏 달뜬 모습으로 행복하다 고백하는 그녀의 몸속에 들어가는 순간, 짜릿한 쾌감이 온몸을 사로잡아 버린다.

순간 아내도 '아아' 하고 몸을 살짝 비틀며 그득한 신음을 토해냈다.

파도처럼 거칠게, 때로는 피아노 선율처럼 달콤하고 화려한 언어가 서로의 몸이 부딪히며 나타났다.

육체만큼 정직한 것은 없다.

같은 섹스라도 기분과 상황에 따라 느껴지는 깊이와 감도가 전혀 다르다.

행위 자체가 지루하고 피곤하게 느껴질 때도 있으며, 그 즐거움의 강도를 단순한 말로 표현하기 힘들 때도 있다.

따뜻한 마음이 가득한 상태에서 하는 섹스는 굉장히 자극적이어서, 인간의 마음을 즐겁게 만든다.

오래 같이 살면 원하지 않게 일상의 매너리즘에 빠지기도 된다.

그러면 같은 행위를 하더라도 즐거움의 강도는 현저하게 낮아진다.

일상생활의 하나가 된 흥분 없는 섹스는, 무미건조함으로 가득하게 된다.

그래서 사람들은 이탈을 꿈꾸게 되고 모르는 사람과의 자극적인 섹스를 원하게 된다.

이게 바람이다.

익숙함은 권태를 가져오기도 하지만, 오히려 더 깊은 감동으로 변하게 만드는 것도 가능하다.

분명한 것은 명품은 장인의 손에서만 태어난다는 점이다.

이것저것 자꾸 악기를 바꾸어 연주하면 마스터의 경지에 오를 수 없다.

어느 순간 익숙함에서 오는 지루함을 이겨야 다음 단계로

레벨 업을 할 수 있다.

이 지루함을 이기게 해주는 것이 바로 서로에 대한 '배려'라 생각한다.

그 어느 날보다 오늘이 달랐던 이유는, 내가 사랑한다는 것을 그녀가 느낄 수 있도록 행동했기 때문이다.

그리고 고속도로 위를 질주하던 나의 마음을 멈추게 한 것은, 나에 대한 그녀의 평상시 태도에 있었다.

현주는 처음 만났을 때부터 한결 같은 자세로 나를 존중해 줬다.

나를 존경한다고 한 번도 말하지는 않았지만, 눈빛에서나 대하는 태도에서 언제나 느낄 수 있었다.

만약 내가 그 고속도로를 타고 어느 이름 없는 도시에 도착해 저녁노을을 그냥 아무 느낌 없이 보고 돌아왔다면, 이토록 뜨겁게 환영하지 않았을 것이다.

우리가 처음 사랑을 나눴던 겨울, 눈으로 가득한 세상에 갇혀 차 안에서의 나눴던 정사처럼, 그녀의 몸속에 들어가 몇 번 움직이지도 않았음에도 현주는 절정에 도달했고 나도 별반 다르지 않았다.

나는 그녀의 몸속에 몇 번이나 사정하며 아득한 즐거움을 누렸다.

결혼은 이 남자는, 이 여자는 어떨까 하는 호기심은 없어지지만 원하면 어느 때나 할 수 있다는 편리함이 있다.

이 편리함을 조금 더 자극적인 쾌락을 위해 버리는 것은 어리석은 짓이다.

세 번의 폭풍 속에서 그녀는 기진맥진했다.

나는 사실 몇 번 더 할 수 있었다.

내가 '한 번 더 할까?' 하자 현주는 말도 안 된다는 듯 쳐다보며 내 코를 깨물었다.

살짝 아팠지만 웃으며 서로 안고 잠이 들었다. 그러다 딸이 우는 소리에 깨어났다.

배고파 보채는 유진이를 보고 시계를 확인하자 벌써 아침이 되어 있었다.

알몸의 아내가 나를 바라보자, 나는 재빨리 일어나 1층에서 아이가 먹을 수 있는 가벼운 것들을 들고 왔다.

젖을 뗀 지도 몇 달이 되고 이유식도 끝난 상태라 딸은 아무거나 잘 먹는 편이었다.

7장

투자의 첫 걸음

특별한 일은 벌어지지 않았고 시간은 빠르게 지나갔다.

그동안 장인어른이 커피숍을 할 만한 자리를 알아보고 다녔다.

적당한 건물이 나타나자, 아예 그 건물의 2층까지 구입해 버렸다.

얼마 가지 않아 서울의 커피숍은 포화 상태에 이를 것이다.

그러니 주변에 더 이상의 커피숍이 들어오지 못하게 매장을 크게 하고 커피 값을 주변보다 약간 저렴하게 할 생각이었다.

커피숍 건물은 수리와 인테리어를 동시에 진행하고 있었다.

투자 사무실은 예전보다 더 바빠졌다.

알음알음 소문이 나서인지, 방문하는 고객이 늘었다.

이전부터 손님을 가려서 받았지만, 지금은 작은 단위의 투자금은 거절하고 있는 상태였다.

관리하는 데 어려움이 있기 때문이다.

직원을 더 채용하고 본격적인 투자사를 만들 것이 아니면, 투자 고객의 수를 어느 정도 제한할 필요가 있었다.

그러던 중 미국에서 앤디 루빈으로부터 연락이 왔다.

구글에서 관심을 가지고 있으니, 미국을 한번 방문해 달라는 내용이었다.

안드로이드는 애플의 ios를 제외하고는 거의 독보적인 존재였지만 구글이 아니었다면 성공할 가능성은 그다지 높지 않았다.

구글의 막강한 투자가 있었으니 그 빈약한 플랫폼을 가진 안드로이드가 최고의 OS가 된 것이다.

구글이 벌써 안드로이드에 관심을 가질 줄은 예상하지 못했다.

사실 안드로이드가 언제 인수되는지도 몰랐고. 대충 삼송에 제의한 시기가 작년이나 올해쯤이니, 소식이 올지도 모른다는 생각을 막연하게 하고는 있었다.

비행기에서 내려 그의 회사에서 앤디 루빈을 만났다.

그는 여전히 보기 좋은 얼굴로 매우 고무되어 있었다.

"오랜만입니다."

"오, 이열 씨. 굉장한 일이 일어나고 있습니다. 구글이 안드로이드를 사고 싶어 합니다."

앤디 루빈은 인사말도 생략한 채 본론부터 꺼냈다.

이러한 모습을 보건대 구글과의 이야기가 매우 진척된 것 같았다.

사실 내가 50억을 지원해 줬지만 안드로이드사는 독자적으로 마케팅하기에는 무리가 있었다.

누군가 안드로이드를 인수하든 아니면 내가 계속적으로 자금을 대줘야 하는 상황이었다.

그런데 내가 지분을 35%나 가지고 있는 회사에 투자를 계속하면 주인이 바뀌니, 그것은 구조적으로 불가능했다.

"와우, 놀라운 일이군요."

"하하하, 이열 씨의 투자로 엔지니어를 대대적으로 고용해, 이전과는 비교할 수도 없는 제품을 만들었으니까요."

"축하드립니다."

앤디 루빈은 내가 준 50억을 기술 개발에 모두 투자한 모양이다.

저렇게까지 이야기할 정도면 전생에서 삼송에 제안했다 거절당한 그 엉성한 것과는 상당히 달라졌다는 뜻이다.

"그래서 이열 씨의 동의가 필요합니다. 지분을 35%나 가지고 있으니까요. 경영에 발언권은 없지만, 매각은 또 다른 문제이니 말이죠."

나는 정직한 그의 얼굴을 바라봤다.

역시 신의를 지키는 모습에 잔잔한 감동이 몰려 왔다.

"얼마에 파실 겁니까?"

"6천만 달러입니다."

다소 실망스러운 액수다.

기존보다 1천만 달러는 더 받지만, 이전보다 발전된 형태라면 이야기가 달라진다.

"한심한 액수군요."

"이열 씨, 무슨 말씀입니까?"

"안드로이드는 세계를 제패할 제품입니다. 강력한 적인 애플이 있지만 애플은 항상 문제가 있죠."

"폐쇄성."

"예, 그들은 자신들의 작품을 공유하려고 하지 않지요. 만약 그들이 정책을 바꿔 소스를 공개해 버린다면 안드로이드는 더 이상 만들 필요도 없지요. 하지만 그들은 절대 그렇게 하지 않을 겁니다. 안드로이드는 지금은 비록 가능성 하나밖에 없지만, 곧 세계 최고가 될 제품입니다."

애플이 소스 코드를 절대로 공개하지 않는 이유는, 공개해 버리면 누구나 애플 제품과 성능이 똑같은 제품을 만들 수 있게 되기 때문이다.

어떻게 공개를 하겠는가?

나의 말에 앤디가 조금 심각한 표정이 되었다.

그는 내가 반대하리라고는 조금도 예상하지를 못한 듯했다.

작년에 투자해 그다음 해에 다섯 배를 얻게 되니 말이다.

그러나 나에게 있어 다섯 배는 그다지 매력적인 제안이 아니다.

일 년 안에 세 배, 네 배로 뛰는 것은 주식도 얼마든지 가능했다.

"그럼 어떻게 하는 게 좋습니까?"

그는 약간 신경질적인 반응을 보였다.

물론 내가 반대를 해도 기업 매각에 차질이 생기진 않는다.

하지만 35%의 지분을 가진 나의 의견을 무시할 수도 없는 듯했다.

"50%의 지분을 주면 제가 3천만 달러를 투자하겠습니다."

"네에? 그렇게나 많은 돈을… 그게 가능합니까?"

"물론입니다. 구글에 판매하셔도 상관은 없습니다. 저야 손해를 보는 것이 아니니 말이죠."

"이게 그렇게나 대단한 제품입니까?"

"당연하지요. 안드로이드는 오픈 소스입니다. 부족하면 알아서 고쳐줄 고객이 얼마든지 있습니다. 저는 3천만 달러를 투자한 후에도 계속 투자할 수 있습니다."

앤디 루빈은 나의 말에 다소 놀란 듯 심각한 얼굴로 중얼거렸다.

"도대체 돈이 얼마나 있기에……."

그의 입장에서는 하루 빨리 팔아 치우고 싶었을 것이다.

이제 성과를 내고 있으니 현 단계에서 팔지 않으면 한참을 더 가야 한다.

차츰 뜨거웠던 커피가 식어 가고 있었다.

3천만 달러면 구글에서 주기로 한 액수의 딱 반이다. 갈등이 안 될 리가 없었다.

안드로이드는 일 년에 수십억을 벌어다 주는 효자 상품이다.

물론 그것도 구글의 전폭적인 지원이 있었기에 가능한 일이었지만 말이다.

문제는 나도 강하게 말할 수는 없는 형편이었다.

앤디 루빈의 마케팅 능력으로 보면 그다지 걱정할 바는 아니지만, 그렇게 되면 나도 자금의 압박을 받기 시작한다는 점이다.

사실 어떻게 보면 이번에 안드로이드를 매각해야 한다.

오픈 소스로 나가는 안드로이드가 만약 구글이 아닌, 그리고 구글이 안드로이드가 아닌 다른 기업을 선택한다면 힘겨운 싸움을 해야 하기 때문이다.

"하아, 그러면 친구들과 만나 다시 이야기를 해보도록 하겠습니다."

"네, 그러시죠."

나는 돌아와 호텔에 묵었다.

침대에 누워 내가 과연 잘한 것일까 생각했다.

구글은 독특한 광고 수입이 있어 안드로이드가 필요했다.

그러니 삼송에서도 거절한 제품을 6천만 달러나 주고 사려고 하는 것 아닌가?

앤디 루빈은 동료 리치 마이너와 닉 시어스와도 내가 제시한 의견을 나눠야 한다.

그는 일 중독자로, 소프트 프로그램 코드 개발을 좋아할 뿐 아니라 동료들과도 사이가 좋았다.

아마 내가 50억을 투자하기 전에는 월세도 내지 못했을 정도로 자신이 가지고 있는 모든 돈과 정성을 안드로이드에 쏟았다.

이제 그 열매가 처음 열렸으니 고민이 되겠지.

지금 당장 팔 것인가 아니면 완성도를 높여 나중에 더 비싸게 팔 것인가 하는.

저녁을 먹는 내내 나는 확신이 없었다.

한 해에 버는 돈이 많아져 어떻게 끌고 갈 수는 있지만, 구글만큼 투자할 수는 없다.

게다가 구글이 다른 회사를 선택하게 되면 최악의 경우 망할 수도 있다.

하지만 구글이 앤디 루빈 없이 안드로이드를 성공시킬 수는 없다.

앤디 루빈은 애플에 있었을 때부터 스몰 OS의 시대가 올 것이라 확신한 사람이다.

적어도 애플에 있는 사람들을 제외하고 앤디 루빈을 따라잡을 사람은 없다.

그렇다. 이 싸움은 이길 수 있는 게임이다.

생각을 계속하자 확신이 들었다.

이틀 뒤 앤디 루빈으로부터 연락이 왔다.

나는 그동안 미국에 새로운 벤처 기업이 없나 조사하였다.

이틀뿐이라 조사다운 조사는 할 수 없었기에 소득은 당연히 없었다.

[구글에서 이열 씨를 한번 만나 보기를 원합니다.]

"좋죠. 어디서 만나자고 합니까?"

[우리가 가기로 했습니다. 래리페이지가 우리에게 화 나 있습니다.]

"뭐 그때 만나서 이야기하도록 하죠."

[그럼 내일 만나서 같이 가도록 하죠.]

*　　　*　　　*

우리는 캘리포니아 마운틴 뷰로 가 래리페이지를 만났다.

모든 일은 그가 담당하지만, 지나가던 구글 대표 세르게이 브린이 들어와 우리와 인사를 나눴다.

아름답고 독특한 구글만의 사무실이 가지는 환경이라 이런 것이 가능했다.

카페보다 더 분위기가 좋았다.

"도대체 이열 씨는 어떤 생각을 가지고 있습니까?"

래리페이지는 안드로이드에도 관심이 많았지만, 앤디 루빈이라는 사람에게 더 집착했다.

그는 앤디 루빈이 데인저사에 있을 때 만든 사이드킥이라는 기술에 감명을 받았다.

"휴대 전화를 대체할 제품들이 이미 만들어지고 있습니다. 구글에서 안드로이드 플랫폼이 필요한 이유는 광고 때문이지만, 사실은 더 대단합니다."

레리페이지가 나의 말에 고개를 갸웃거리며 바라본다.

"안드로이드는 혁명입니다. 이제는 굳이 노트북을 들고 다니지 않아도 됩니다. 휴대폰 크기의 자체 OS가 장착된 핸드폰을 들고 다닐 테니까요. 각 기업이 사운을 걸고 개발하고 있다고 압니다. 일종의 역사적 흐름이죠. 구글이 안드로이드를 인수하면 한 해 10억 달러 이상의 수익을 얻을 것입니다."

확고한 말에 래리페이지도 애빈 마틴도 멍한 표정으로 나를 바라보았다.

"광고 외의 다른 시장도 가능하다는 말인가요?"

나는 그를 바라보며 웃었다.

"휴대폰 하나 들고 다니면 다 해결되는데, 누가 무겁게 노트북을 가지고 다니겠습니까? 사람들은 걸어 다니면서도 인터넷을 검색하고 차를 기다리면서도 검색할 것입니다. 지금도 휴대폰으로 다 하고 있지요. 하지만 휴대폰으로 인터넷 검색은 힘듭니다. 그러나 앤디 루빈이 만드는 개방형 플랫폼은 쉽게 검색할 수 있을 뿐만 아니라 휴대폰으로는 절대 불가능했던 일을 할 수 있게 해줄 겁니다."

"좋습니다. 그렇다면 우리도 그런 OS를 개발하는 다른 기업을 선택할 수도 있습니다."

"물론 그것도 가능합니다. 하지만 그 기업에는 앤디 루빈이 없습니다. 전 안드로이드에 투자한 것이 아니라 앤디 루빈에게 했으니까요. 게다가 구글에는 천재가 많으니, 당신만 해도 천재고요. 상상도 하지 못할 성공을 할 것입니다."

"그럼 매각에 반대하지는 않는다는 말씀이십니까?"

"안드로이드는 구글에 매각되어야 합니다."

"그런데 반대하셨다고 들었는데요, 그렇지 않아요?"

래리페이지는 앤디를 바라보며 말했다. 그러자 그가 고개를 끄덕였다.

"일단 안드로이드가 구글에 매각되어야 하는 이유를 말씀 드리죠. 구글은 안드로이드를 가장 안드로이드답게 만들어줄 수 있기 때문이며, 다른 제조사들과는 다른 수익 구조를 가지고 있기에 구글이 매입하는 게 가장 좋습니다. 이 이야기는 구글에서 개발하면 수익에 대한 압박감이 상대적으로 적다는 말이죠. 그리고 결정적으로 구글과 경쟁하기에는 제가 자본금으로 밀릴 가능성이 많습니다."

"뭐요? 개인이 어떻게 기업하고 경쟁을 할 수 있다는 말인가요?"

"경쟁할 돈은 구글과 애플에서 끝없이 대어줄 겁니다."

"그게 무슨 말이죠?"

"작년에 구글 주식 1,300만 달러를 매입했더니 고맙게도 지금 2,800만 달러가 되었더군요. 전 가만히 있어도 1년에 1억 달러의 돈이 들어올 겁니다. 그리고 지금도 계속 저의 투자사로 돈을 맡기려는 고객들이 옵니다. 한국 최고의 대기업 회장이 제게 돈을 맡기려 했지만 거절했습니다. 싸울 자금을 마련하는 것은 제게 문제가 되지 않습니다. 하지만 그렇게 되면 전 다른 일을 하는데 어려움을 겪게 될 것입니다. 그리고 싸울 필요가 없는 가장 큰 이유는, 앤디 루빈도 구글과 함께 하기를 원하니까요."

"그럼 문제가 뭡니까?"

"인수 가격이죠."

"그거야 이미 이야기하지 않았습니까? 6천만 달러에 매입하기로 했다고."

"그 정도의 돈은 지금 저도 바로 투자할 수 있습니다. 안드로이드의 지분 50%, 즉 제가 가진 지분 35%를 빼면 불과 15%에 3천만 달러를 투자하겠다고 제안한 상태입니다. 결국 안드로이드는 구글에 팔거나 나의 제안을 받아들이거나 똑같다는 겁니다. 전 앤디 루빈이라면 능히 3억 달러 이상의 가치가 있는 사람이라고 봅니다. 솔직히 안드로이드 따위는 아무것도 아닙니다. 앤디 루빈이 안드로이드니. 설마 구글이 안드로이드 플랫폼만 사려고 6천만 달러를 지불하려는 건 아니겠죠?"

"그야… 물론… 그렇긴 합니다."

"당신도 천재지만 당신의 동료도 대부분 천재입니다. 그냥 천재가 아닌, 창의력으로 가득한 놀라운 천재죠. 이 독창적인 인테리어가 저를 놀라게 만들었듯 안드로이드는 구글에서 그 빛을 발하게 될 것입니다. 구글은 지금도 세계 최고의 기업이지만, 앞으로는 비교가 되지 않을 정도로 커질 겁니다. 그 중심에 안드로이드가 있습니다. 아니, 앤디 루빈이 있죠."

"하하하. 이거야 원. 그럼 도대체 얼마면 동의하신다는 겁니까?"

그때까지 가만히 있던 앤디 루빈이 나를 바라보았다.

그 역시 회사가 비싸게 팔리면 이익이기에 가만히 있었다.

내가 제안한 방안이 매력적이기는 하지만, 불안하기도 해서 망설이고 있던 것이다.

"얼마에 사실 수 있나요? 제가 앤디 루빈의 가치는 3억 달러 이상이라고 본다고 말씀드렸죠?"

"올해 우리가 쓸 수 있는 금액이 2억 달러입니다."

그는 자신이 지불할 수 있는 최대치를 불렀다.

2억 달러는 아마 래리페이지뿐만 아니라 경영진이 내린 결론의 최대치일 것이다.

뭐 이 정도면 나도 받아들일 수 있다. 무려 1억 4천만 달러를 더 받게 되니 말이다.

한순간에 6천만 달러에서 2억 달러로 매각 대금이 달라진 것은 구글만의 독특한 결정 방식 때문에 가능했다.

구글은 유튜브를 매입할 때 다른 기업보다 무려 6억 6천만 달러가 넘는 금액을 지불했다.

그리고 이 중 10억 달러가 프리미엄이었다고 발표했다.

구글은 기업의 가치와 시장을 선도하는 기업이라면, 비싼 가격을 지불하고도 산다.

"좋습니다. 그렇다면 저도 안드로이드 매각에 찬성하는 바입니다."

사실 내가 반대해도, 앤디 루빈이 그냥 매각하면 되었다.

하지만 내가 3천만 달러나 투자할 수 있다고 하니 그의 생각이 달라졌던 것이다.

매각 대금은 6천만 달러로 모두 같았지만, 내용은 상당히 달랐다.

나의 제안을 받아들이면 회사의 경영은 여전히 앤디 루빈이 할 수 있지만, 3천만 달러는 회사 자금으로 귀속된다.

반면 구글이 매입하면 6천만 달러는 개인의 돈이 되어 각자 가지고 있는 지분에 따라 나뉘게 된다.

그리고 회사의 경영은 구글이 알아서 하게 될 것이다.

나 역시 캘리포니아로 오는 동안 앤디 마틴과 이야기를 조율했다.

나 역시 구글이 인수하기를 바라지만 6천만 달러는 너무 헐값이라는 말에 그가 동의했다.

결국 안드로이드는 구글에 팔리게 되었다.

나와 앤디 마틴은 구글 본사를 나오면서 회심의 미소를 지었다.

2억 달러라니. 놀랍지 않은가?

바로 양해 각서에 사인하고 2억 달러에 상당하는 주식을 오늘을 기준으로 결정하기로 했다.

시간이 지날수록 구글의 주가는 올라가기에, 빠를수록 좋았다.

뭐, 어차피 래리페이지와 앤디 마틴이 거의 이야기를 끝내고 금액 조율만 진행하고 있는 상태였다.

구글이 나에게 일격을 당한 꼴이었다.

무려 7,000만 달러가 내 몫이 되었다.

한화로 840억 가까이 벌었다.

불과 50억을 투자해서 말이다. 이게 가능한 이유는, 매각이 주식 교환 방식으로 이루어졌기 때문이다.

현금으로 거래했다면 이야기가 조금 달라졌을 것이다.

실제 2억 달러에 이르는 무지막지한 금액이 발표돼 구글의 주가가 장중에 출렁거렸으나, 막판에는 오히려 아주 조금 오르고 마쳤다.

구글의 과감한 배팅은 어제 오늘 일이 아니었으니 말이다.

나는 캘리포니아의 호텔에 머물며 하루를 보냈다.

앤디 마틴이 저녁에 찾아와 샴페인을 터뜨리며 나를 잡고 춤을 추었다.

이틀을 더 캘리포니아에 머물며 서류를 작성했다.

역시나 나의 지분에 해당하는 주식은 의결권 제한이라는 조건이 붙었으며, 매각 시 회사에 반드시 통보해야 했다.

단 주식 매도의 시기에 대한 조건은 특별히 붙지 않았다.

그만큼 구글이 자신 있음을 보여주는 것이다.

나 역시 구글의 주식을 팔 생각은 전혀 없었다.

*   *   *

거의 일주일 만에 집으로 돌아오니, 아버지, 어머니, 현주가 기다리고 있었다.

딸은 자고 있었고 엘리스는 반갑다고 꼬리를 흔들었다.

엘리스는 이제는 잘 짖지 않는다.

그동안 이웃에게 피해가 가지 않도록 훈련을 시켰었다. 다행히 영리해 잘 따라왔다.

"잘 갔다 왔느냐?"

"예, 아버지. 잘 끝내고 돌아왔습니다."

현주는 말없이 다가와 내 손을 꼭 잡을 뿐이었다.

손을 통해 온기가 전해지자 나는 그녀를 슬쩍 바라보았다.

얼굴을 조금 붉히는 모습이 아름다웠다.

나는 딸아이의 볼을 살짝 쓰다듬고는 한동안 거실에서 가족들과 이야기하다 점심을 먹었다.

"올라가 보거라. 피곤할 텐데."

어머니가 웃으시며 말씀하셨다. 그러면서 한마디 덧붙이는 것을 잊지 않으셨다.

"아직 낮이니 명숙이는 내가 데리고 있으마. 현주도 이열이 잘 때 옆에서 꼭 껴안고 있어라."

"네, 엄마."

현주가 뻔뻔하게 대답하자 아버지는 헛기침을 하며 서재로 들어가셨다.

현주의 손을 잡고 2층으로 올라와서 방으로 들어왔다.

"안 피곤해?"

"그냥 그래."

"안마해 줄까?"

"아니, 말만이라도 고마워."

"아냐, 해줄게."

내 뒤에 매달려 등을 두드리고 주무른다.

시원하지는 않았지만 안 해주면 삐질 것 같아 '어, 시원하군' 하고 소리를 질러 댔다.

"갔던 일은 잘되었어요?"

"응."

"그게 끝이야?"

"별로 재미없어. 돈을 많이 벌게 되었다는 정도?"

"와! 얼마나 벌었어?"

"비밀인데."

"그런 게 어디 있어?"

"현주가 맡긴 돈이 얼마가 되었는지는 알려줄게."

"정말? 얼마야?"

가까운 친척들과 가족이 맡긴 돈은 아직 정산하지 않았다.

친척들도 묻지 않았고 맡긴 돈도 그다지 많지 않아 다들 신경을 쓰지 않고 있었다.

"대략 6배 정도 된 것 같군."

"6배면 얼마야? 어머, 그럼 30억이나 되잖아."

"수수료 빼야지."

"아참, 그렇지. 와, 그래도 대단하다. 당신이 잘하는 것은 알고 있었지만 이 정도일 줄은 몰랐어요. 만세!"

현주가 손을 번쩍 들고 만세를 불렀다.

나는 웃으며 그 모습을 바라보았다.

엉덩이에 손을 가져다 대니 현주가 빙긋 웃었다.

현주도 그렇고 나도 그렇고, 일주일 동안 참고 있기 힘들었다.

그래서 눈이 마주치자마자 옷을 벗고 키스하며 섹스를 했다.

대낮에 벌이는 섹스는 나름 괜찮았다.

어두운 조명 아래도 괜찮지만 이렇게 밝은 데서 하니 색다른 맛이 났다.

한 번 사정을 하고 나니 착, 하고 가라앉는 몸이 느껴진다.

역시 시차 적응이 잘 안 되는 것이다.

겨우 일주일 있다 왔는데 시차를 느끼고 피곤해지다니.

자고 있는데 현주가 깨운다.

잠깐 잠이 들었는데 벌써 저녁 식사 시간이 된 모양이다.

유진이는 그사이 깨어나 거실에서 엘리스와 뒹굴고 있었다.

그러다 나를 보자 '아아빠' 하고 안겨 온다.

말랑거리는 살결이 부드러운 솜 같다.

한동안 안으며 딸아이의 살 냄새를 맡고 있는데, 아이가 버둥거린다.

"잘 지냈어?"

"빠빠."

아이의 웅얼거리는 소리가 귀를 간지럽힌다.

갑갑해하는 듯해 바닥에 내려놓으니 다시 엘리스와 뒤뚱거리며 논다.

저녁을 먹으면서 나는 딸을 바라보았다.

현주가 밥을 먹이고 있었다.

엘리스는 바닥에서 사료를 먹는다.

평소에는 사료를 먹이다 일주일에 두세 번은 고기를 준다.

사료를 다 먹자 멍, 하고 짖는다.

평소와 양이 다르면 고기를 주는 날임을 너무나 잘 아는 녀석이다.

어머니가 미리 준비한 갈비를 주자 꼬리를 흔들며 기뻐하는 모습이 보인다.

덩치는 크지만 아직은 강아지인 엘리스는 하는 짓이 귀엽다.

낮에 잠을 조금 자서인지 피곤이 다 풀렸다.

현주와 이야기를 하며 시간을 보내다 다시 한 번 섹스를 했다.

아침이 되어 일어나 인근 학교에 가서 몸을 풀었다.

여전히 전지나 씨가 나와 운동을 하고 있었고 소연이도 보였다.

"사장님, 오랜만에 나오신 것 같아요."

"네, 미국에 갔다 왔어요."

"아, 좋으셨어요?"

"일로 간 거라 별로였어요."

이야기를 하고 있는데 소연이가 뛰어와 인사한다.

"사장 오빠, 안녕하세요."

초등학교에 들어가서인지 조금 의젓해진 느낌이 드는 소연이다.

그 모습을 보며 미소 짓는 전지나 씨의 얼굴 가득 애정이 담겨 있었다.

자식에 대한 엄마의 사랑과 신뢰는 변하지 않는다. 아니, 변할 수 없다.

"커피숍은 어때요?"

"매출이 조금 늘었어요. 저희 매장 서비스가 다른 곳보다 좋다 보니 단골이 많이 늘었어요."

하긴 2시부터 제공하는 달콤한 쿠키라든지 연인들이 같이 오면 할인을 해준다든지 다양한 마케팅을 하고 있으니.

게다가 우리는 쿠폰제가 아니라 영수증을 3일 이내 가져오면 10%를 할인을 해준다.

현금이 절약되니 훨씬 인기가 있었다. 그리고 단골들에게는 가끔 작은 선물을 제공하기도 한다.

많은 것을 퍼 주지는 않지만 최대한의 서비스를 하니 매출이 늘어날 수밖에 없다.

"의논할 게 있습니다. 제 장인어른이 커피숍을 크게 여셔서 아무래도 도와드려야 할 것 같은데 지배인님 생각은 어떻습니까?"

"직원들하고 이야기해 봐야겠습니다. 여기 분위기가 좋아서, 떠나려고 하는 직원이 있을지 모르겠습니다."

"흠, 이렇게 하는 것은 어떻습니까? 분점처럼 대표로 한두 분 파견을 보냈다가, 그쪽 커피숍이 안정되면 다시 복귀하든지 아니면 6개월씩 돌아가면서 돕는 겁니다. 그러다 보면 결론이 나오지 않겠어요?"

"사장님의 장인 되시니 저희가 돕긴 도와야죠."

"좋으신 분입니다. 인색하지 않으니 여기와 대우가 다르지는 않을 겁니다."

"오늘 출근해서 직원들하고 상의해 볼게요."

"네, 그럼 부탁드려요."

전지나 씨는 시간이 늦어 집으로 돌아갔고 나는 여전히 운동장을 돌며 운동을 했다.

이제 어느 정도 목표치 근처까지 돈이 모였다.

여전히 대기업에 영향을 미칠 수 있는 금액은 아니었지만 자신감이 조금 생기기도 했다.

아직은 더 많은 돈을 모아야 한다. 그때까지 조용히 숨죽이며 기다릴 것이다.

*   *   *

인터넷에 현주에 대한 기사가 심심치 않게 나왔지만 그동안 그냥 지나쳤다.

그런데 현주가 성형을 했다는 말에 나는 피식 웃었다.

성형을 했다 해도 내가 가만히 있는데 남들이 왜 이리 관심이 많은지.

올 초 모 연예 기획사에서 연예인을 관리하기 위해 모았던 연예인 X 파일이 유출되면서 사회적으로 문제가 된 적이 있었다.

연예인 X 파일에 현주가 나왔다면 가만히 있지 않았겠지만 다행히 없었다.

외삼촌이 상무이사로 있는 회사에서 현주가 그런 이야기에 노출될 확률은 전혀 없었다.

그리고 뭐 연예인이 성형하는 게 무슨 흠이 되는가?

일반인들도 심심치 않게 많이 하는데 말이다.

사람들은 다른 사람의 사소한 것에도 관심을 가진다.

유명인이면 그 정도가 심해지고, 병적인 집착을 가지는 사람들도 나타난다.

현주가 방에 들어오자 나는 조심스럽게 말을 꺼냈다.

"여보, 당신 어릴 때 사진은 왜 안 보여줘?"

"한 번도 보고 싶다고 말 안 했잖아."

"그렇긴 하지."

나는 무안해져 대답을 못했다.

그러고 보니 한 번도 보여 달라고 한 적이 없었다.

물론 어릴 때 사진을 몇 장 보기는 했었다.

사실 이런 부분에는 현주도 무감각한 편에 속해, 어쩌다 보니 이렇게 됐다.

"훗, 나 성형 안 했어요. 또 하면 어때요? 여자들이 예뻐지고 싶어 하는 것은 본능인데요."

현주는 웃으며 서랍에서 작은 사진첩을 꺼내 보여주었다.

"이거예요. 난 당신 사진 10번도 더 봤어요."

"아, 미안해. 그런 의도는 전혀 없었어. 그냥 갑자기 궁금해졌을 뿐이야."

"알아요. 당신이 그런 것에 관심 가질 일이 없죠."

"어? 그게 무슨 말이지?"

"당신은 당신 성격도 몰라요? 당신은 대부분의 일에 대해 전혀 관심이 없죠. 자신이 관심을 가지는 몇 가지에만 집중할 뿐이에요. 옆에서 불러도 듣지 못할 정도로 깊은 생각에 곧잘 빠지곤 하잖아요."

"그랬나?"

나는 말을 하면서 아내의 어릴 적 사진첩을 펼쳤다.

작고 어린 여자아이가 웃고 있었다. 지금보다는 확실히 예

쁘지 않았다

"어?"

"풋, 저 어릴 때 못난이였어요."

"정말?"

"네, 성형설이 나오는 것은 어쩌면 당연해요. 학교 들어가면서 조금씩 예뻐지기 시작했거든요."

하긴, 사진들을 보니 초등학교부터는 지금의 외모가 언뜻 보이는 것 같았다.

그리고 중학교 때는 거의 지금의 외모였다.

아이들은 크면서 외모가 여러 번 변한다는 말이 있다.

현주는 자라면서 예뻐진 케이스였다.

사실 현주의 외모는 장모님에게 물려받았다고 생각해서 성형을 했으리라는 생각은 한 번도 하지 않았다. 그만큼 장모님의 외모가 상당하셨다.

지난 2월 영화배우 이은주가 자살했다.

X 파일과는 전혀 상관없는 일이지만 사람들은 그녀의 죽음에 큰 충격을 받았다.

그녀의 죽음 뒤에는 역시나 우울증이 있었다.

우울증은 약물 치료를 병행하면 심각한 병이 아닐 수 있지만, 방치하면 대단히 위험해진다.

호르몬이 인간의 인체에 계속 영향을 미치기 때문이다.

약물 치료는 어긋난 신경 계통의 호르몬을 바로 잡아주는 역할을 한다.

그러니 치료를 등한시하면 위험한 일이 발생할 수 있다.

내가 요즘 아내에게 집중하는 것도 이런 이유에서였다.

사람들은 정말 아무 이유도 없이 남의 삶 훔쳐보기를 좋아한다.

그만큼 자신의 삶이 심심해서겠지만 나는 그런 사람들을 보면 한심하다고 생각했다.

괜히 쓸데없는 관심으로 못된 소문을 양산해 내 타인의 삶을 엉망으로 만들어버리니 말이다.

왜 사람들은 삶의 재미를 자신이 아닌 남들에게서 찾는지 알 수가 없다.

아내의 직업이 여배우여서인지, 나도 모르게 연예인에 관한 소문에 대해 예전과는 다르게 관심을 가지게 된다.

다시 살게 된 이후 내 삶의 테두리에서 벌어지는 일은 나의 영향권 하에 있어야 한다는 이상한 집착이 생겨서인지도 모른다.

"미안해."

"뭐가요?"

"그냥."

"피이. 당신이 그런 사람이 아니라는 것은 내가 더 잘 아는

데 뭘요."

"믿어줘서 고마워."

"난 알아. 당신하고 결혼할 수 있었던 것은 내가 예뻐서가
아님을. 그러니 내가 이렇게 맨 얼굴로 돌아다녀도 되는 거
고."

"당신은 예뻐. 내가 만난 사람 중에서 제일 예뻐."

"정말요?"

"응."

"거짓말이어도 정말 기분 좋아요."

"정말인데."

현주와 다정하게 이야기하다 투자 사무실로 갔다.

8장

부자가 되는 길

주식을 장기 보유 종목으로 갈아탄 이후, 요즘은 시간이 많이 남았다.

국내 주식도 동원 산업을 꾸준히 매수하고 있었다.

이 기업은 발행한 주식의 수가 많지 않다.

게다가 현금 유보율이 엄청 높고 해외 에너지 자원에 투자를 열심히 하며 수익률도 높았다.

중국의 산업 발전이 가속화되면서 에너지, 철광석과 같은 자원들은 가격이 빠르게 상승했다.

따라서 동원 산업의 주가는 매년 꾸준히 올라갔다.

대부분의 자금을 애플에 투자하고, 나머지는 동원 산업 주식 매집에 쓰고 있었다.

사다 보니 주식의 보유 지분율이 12%를 넘어가 버렸다.

그러자 동원 산업으로부터 날마다 전화가 왔다.

그냥 단순한 투자라고 해도 자꾸 만나자고 해서, 어쩔 수 없이 약속을 잡았다.

왜 만나자고 하는지는 모르겠지만 약속을 잡았으니 일단 나가고 봐야 했다.

인터콘티넨탈 호텔로 갔더니 호텔 직원이 귀빈실로 안내한다.

룸 안에는 이미 두 명의 남자가 나를 기다리고 있었다.

나는 그들과 인사를 나눴다.

"동원 산업의 상무이사인 전병호입니다."

"전략 기획 팀장인 최병만입니다."

"아, 예. 저는 김이열이라고 합니다."

"이렇게 만나 뵙게 되어 영광입니다."

전략 기획 팀장인 최병만이 접대성 멘트를 한다. 나는 그냥 고개를 끄덕여 인사를 대신했다.

"저희가 뵙자고 해서 당황하셨을 것 같은데, 이런저런 이야기를 나누며 식사를 대접하고 싶어서였습니다."

"아, 네. 전화로 말씀드렸다시피 저는 단순히 시세 차익을 위해 투자하고 있습니다."

나는 그들이 말을 돌리지 못하게 단도직입적으로 이야기
했다.

"하하, 그래서 저희가 뵙자고 한 것입니다."

최병만 팀장이 웃으며 대응했다. 식사를 곁들인 자리라, 얼
마 지나지 않아 음식들이 나왔다.

"최광희 씨를 아십니까?"

"네, 압니다. 제 고객이십니다."

"개인적으로 제 대학 동창이고 이런저런 이야기를 하는 사
이이기도 합니다. 맡긴 투자금에 대한 수익률이 1년 만에 경
이로울 정도로 올랐다 하더군요."

"장이 좋으니, 어지간하면 손해는 보지 않습니다."

"설마요?"

이번에는 전병호 상무가 대답했다.

"외람되지만 저희 회사의 주식을 모으시는 이유를 솔직하
게 말씀해 주실 수 있으십니까?"

나는 전병호 상무의 말을 듣고 고민했다.

마음속에 있는 말을 꺼내야 할지 아니면 숨겨야 할지 감이
안 잡혔다.

그래도 진실만큼 큰 무기는 없다는 말이 생각나, 솔직해지
기로 했다.

솔직하게 말한다고 내가 손해 볼 것은 없기 때문이다.

"주식을 51%까지 모을 생각입니다."

"네에?"

전병호와 최병만이 놀라 소리쳤다. 이것은 대놓고 경영권을 노리겠다는 선포였다.

"기업 인수를 시도하시겠다는 말씀이십니까?"

"꼭 그렇지는 않지만, 아니라고도 말 못하겠습니다."

"도대체 왜?"

최병만 팀장이 다급하게 말했다.

"워렌 버핏이 버크셔 해서웨이를 인수한 것과 같은 이유입니다."

"그럼 저희 회사를 인수할 수 있다고 믿으십니까?"

"별로 어렵지 않다고 봅니다."

"저희 회사 유보금이 얼마인지 아십니까?"

"1,200억 아닙니까?"

"그걸 알면서도 그런 말씀을 하십니까?"

"경영권을 가져오는 일에 실패해도, 저는 전혀 손해 볼 것이 없습니다. 동원 산업은 매우 좋은 회사입니다. 현금 유보율도 높고 자산도 많습니다. 그런데 주식의 가치는 엄청나게 저평가되어 있습니다. 제가 사지 않을 이유가 있나요?"

"조금 당황스럽군요."

전병호 상무는 상당히 당황한 듯, 목소리마저 떨리고 있었다.

아마 가벼운 마음으로 나와서 우호 세력을 만들려 했다가 깜짝 놀란 모양이었다.

동원 산업 최대 주주는 나동태 회장으로, 18%의 주식을 보유하고 있었다.

그의 친인척을 포함한 우호 지분이 불과 15%밖에 안 돼, 경영권을 노리면 위험할 수 있었다.

그래서 계속 나의 주식 매입에 예민하게 반응한 것이다.

전병호 상무이사가 갑자기 자세를 바로 잡으며 이야기를 꺼냈다.

"김이열 사장님께서는 저희 회사와 전략적 제휴를 맺는 것에 대해선 어떻게 생각하십니까? 사실 이곳에 온 이유도, 우리 회사에 투자를 의뢰하기 위해서입니다."

"흐음."

역시 겉으로 먹은 나이가 아닌 듯, 전병호 상무는 빠른 대처를 했다.

내가 만약 적대적 기업 인수를 시도할 생각이었다면 이렇게 만나지 않고, 과감하게 경영권까지 노린다는 말도 하지 않았을 거란 사실을 알아차린 모양이다.

동원 산업이 뭘 줄 수 있을지 몰라도, 나야 어떻게 해도 이익이었다.

도원 산업이 주가 방어를 시작하면 내가 가지고 있던 주식 가격이 올라가니 좋고, 그렇지 않으면 꾸준히 주식을 모아 내 회사로 만들어버리면 된다.

사실 경영권 인수에는 아직 부정적이었다. 그래서 이렇게 과감하게 말할 수 있었다.

동원 산업을 내 회사로 만들어도 좋지만, 지금은 마음의 여유도 없고 투자금이 부족한 단계라 현실성이 그다지 없었다.

동원 산업의 기업 가치가 이렇게 낮은 이유는, 가족 회사로 출발했던 터라 주식 발행량이 적었기 때문이다.

주가가 올라도 회사의 내재적 가치에 비해서는 터무니없었다.

동원 산업 관계자들과 만나고 일주일 후, 다시 연락이 왔다.

나는 그동안 가지고 있던 돈을 모두 동원 산업에 투자했고 15%의 지분을 가지게 되었다.

이제는 더 살 돈도 없었다.

동원 산업의 주식을 사는 데만 460억이 넘게 들어간 것이다.

이렇게 과감하게 투자를 할 수 있었던 것은 안드로이드로 대박을 맞아 마음의 여유가 생긴 덕분도 있고, 내가 하는 투자의 형태가 변해서기도 했다.

갈수록 단기 투자는 힘들어졌고 높은 수익률을 원하다 보니, 자연스럽게 회사의 내재 가치에 비해 주가가 싼 주식을 사 버리게 되는 것이다.

그리고 한국에서 유일하게 애플에 맞먹는 주가 상승률을 가진 회사가 동원 산업이었다.

물론 애플에 비해서는 많이 부족하기는 했지만.

두 번째도 같은 인터콘티넨탈 호텔에서 만났다.

이번에는 동원 산업 회장인 나동태 회장이 직접 나왔다.

그는 60대 후반의 점잖은 신사였다.

동원 산업은 제조 회사가 아닌 투자 기업에 가깝기 때문에, 자산 규모에 비해 기업 규모가 작은 편이었다.

"나동태 회장님이십니다."

전병호 상무가 소개를 했다. 나는 그와 인사를 하고 악수를 했다.

"우리 회사를 인수하고 싶다고요?"

"예, 그렇습니다."

"버크셔 해서웨이처럼 만들고 싶다고요?"

"그런 생각이 있기는 합니다."

"그럼 뭐, 그렇게 하시오."

"네?"

"동원 산업은 선친의 유산이라 내가 물려받아 하고 있었지만, 사실 나도 은퇴를 하고 싶었던 참이었소."

"네에?"

나는 뜻밖의 말에 다소 놀랐다. 이렇게 나올 것이라고는 전혀 예상하지 못했다.

"나도 김 사장에 대해 알아봤소. 비록 투자 기간은 얼마 되지 않았지만, 경이적인 수익률을 기록하고 있다고 소문났었더군요. 나도 내 개인 재산을 김 사장에게 맡길까 하던 차에 바쁜 일이 생겨 방문하지 못했었소."

나는 약간 당황했다. 사실 뭐가 뭔지 제대로 감이 잡히지 않았다.

아무리 수익률이 좋아도 내 투자 경력은 2년 차에 지나지 않는다.

아직 검증이 제대로 되지 않은 햇병아리 투자사의 사장일 뿐이었다.

내가 망설이고 있자 나동태 회장이 껄껄 웃으며 말했다.

"일단 우리 회사의 자산 관리 팀장으로 영입하겠소. 어떻소? 원하는 만큼은 아니지만 만족할 만한 자리 아니오?"

나는 점잖은 그의 얼굴을 보며, 이 사람의 내공이 매우 높음을 깨달았다.

"하지만 저는 작으나마 투자 회사를 운영하고 있습니다."

"자산 관리 팀장이 굳이 회사에 매일 출근할 필요 있겠소?"

"그렇긴 하지요."

제안을 받아들이는 순간, 더 이상의 회사 주식 매집은 어려워지며 경영권도 노릴 수 없게 된다.

제안은 좋지만 아까운 회사였다.

망설이고 있자 그는 끝없는 말로 나를 설득해 왔고, 결국 나는 제안을 받아들이고 말았다.

하루아침에 예정에도 없는 중견 기업의 자산 관리 팀장이 되어버렸다.

처음 한 달 동안은 거의 매일 회사에 출근하였고, 이후부터는 일주일에 두 번 정도 출근했다.

내가 운용할 수 있는 자금은 무려 회사 유보금의 반인 600억이었다.

나동태 회장의 그릇은 보통 크기가 아니었다.

자산 관리는 내 회사인 이열 투자사에 위임하는 형식으로 했다.

그래야 수익금의 일부를 가져올 수 있기 때문이다.

회사의 자금이라 기존의 수수료는 과해서 10%의 투자 수익금을 기준으로 수수료를 정했다.

수익률 10%까지는 수수료가 무료였다.

나동태 회장이 대단히 좋아했다.

11%부터 초과 수익을 25%로 하고, 100%부터 35%로 정했다.

한 달 동안이나 매일 출근한 이유는 회사 분위기를 익히기 위한 것도 있지만 회사의 자산 규모를 정확히 파악하기 위해서였다.

나는 부동산에 대해 부정적인 견해를 가지고 있었고, 이 문제는 회사의 방침과 맞지 않아 의견 다툼이 있었다.

하지만 부동산이 절정기를 지나 곧 폭락기로 갈 것을 나는 너무나 잘 알고 있었다.

그래서 주가의 그래프를 그려 가며 경영진들을 끝없이 설득했다.

그들은 영원히 오르는 주식은 없다는 말에 고개를 끄덕였다.

달도 차면 기우는데, 부동산이라고 다를 리 없었다.

내가 관리하게 된 600억은 일주일간 차분하게 애플 주식을 사는 데 모두 썼다.

그리고 필요 없는 건물들을 팔아 치우기 시작했다.

회사에 특별 수익이 생기자, 주가는 고공 행진을 하기 시작했다.

마침내 회사가 액변 분할을 한다는 공시를 올리자, 단숨에 상한가를 기록하고 말았다.

액면 분할도 내가 강하게 주장한 것이다.

불과 460억으로 회사의 주식을 15%나 살 수 있다는 것은 말이 안 되었다.

액면 분할은 주식을 액면가 기준으로 쪼개는 것이다.

회사의 가치는 변하지 않지만 주식의 수가 늘어나 상대적으로 가격이 싸지는 착시 효과 때문에, 단기간에 주가가 올라 시가 총액의 상승효과가 있다. 그렇게 되면 경영권 방어에도 상당히 도움이 된다.

워런 버핏은 우량 기업, 특히 현금 유보금이 높은 회사를 사서 그 회사의 자금으로 다른 회사의 주식에 투자하는 형태를 취해 왔었고, 나도 지금 그것을 그대로 따라서 시도하고 있는 중이었다.

워렌 버핏은 자신이 머리가 특별히 좋거나 현명하다고 말하지 않았다.

그러면서 다른 사람의 삶에서 본받을 점이 있으면 바로 그렇게 하라고 말했다.

그러면 부자가 될 것이라고.

*   *   *

동원 산업은 삼 일 동안 상한가를 기록했다.

사흘째 되는 날 조정을 조금 받고, 그다음 날 다시 상승하기 시작했다.

액면 분할로 주가는 이전보다 두 배로 가뿐하게 뛰었다.

시중에 풀린 주식의 수가 워낙 없다 보니, 매도 세력은 전멸하다시피 하였다.

게다가 부동산을 처분한 일련의 행위들로 인해, 연말 배당액이 많을 거라는 소문이 주가 상승에 한몫했다.

연말이 가까이 다가올수록 나는 정신없이 바빴다.

특히 사랑에 빠진 딸기의 수익금에 대한 정산이 전혀 되지 않고 있었다.

나는 아이들이 올해 얼마나 벌었는지도 모르고 있었다.

부끄럽지만 거기에 전혀 신경을 쓰지 못했다.

나미의 부모님에게 연락을 받고 나서야 내가 실수했음을 깨달았다.

나는 당연히 SN 엔터테인먼트사가 알아서 아이들의 몫을 지불해 줄 거라 생각했다.

나는 급히 커피숍으로 부모님들을 모셨다.

"오래간만입니다."

"네, 오랜만입니다."

먼저 도착한 나미의 부모님과 기쁜 마음으로 인사를 나눴다.

"제가 개인적으로 바빠서 챙기지를 못했습니다. 죄송합니다."

"아니, 뭐 일부로 그렇게 하신 것도 아닌데요."

내가 건강 검진을 아이들에게 강제로 받게 하지 않았다면 조기에 암을 발견하지 못했고, 그랬다면 나미의 목숨이 어떻게 되었을지 장담할 수 없었기에 나미의 아버지는 나의 큰 실수에도 불쾌함을 표하지 못했다.

하지만 활동한 지 거의 1년이 넘어가는데도 불구하고 아이들의 몫이 지불되지 않자 전화를 걸었다.

그것은 10분 후에 오신 진미의 아버지 역시 마찬가지였다.

"솔직히 저는 수익금이 얼마가 들어왔는지를 모르는 상태입니다. 확인하는 대로 바로 정산해 드리겠습니다. 잠시만요, 지금 확인을 해보죠."

나는 인터넷으로 SN 엔터테인먼트사가 내 통장에 보낸 금액을 확인했다.

SN은 매달 통장에 돈을 송금하고 있었다. 확실히 나의 잘못이었다.

"잠시 이리 와 보시죠."

나는 진미와 나미의 부모님에게 계좌에 들어온 금액을 확인시켜 주었다.

"일단 액수를 확인하셨으니 1차 정산을 바로 해 드리겠습니다. 구체적인 명목은 나중에 SN 측으로부터 정확한 명세서가 오면 해 드리도록 하겠습니다."

"아, 네. 그래 주시면 고맙겠습니다."

계좌 이체를 하고 난 뒤, 부모님들과 차를 마셨다.

이런저런 이야기를 나누다 최근 나미의 아버지 김남철 씨가 사업에 실패해 경제적으로 어려움을 겪었다는 사실을 알게 되었다.

그제야 내가 큰 실수를 했음을 알았다.

나는 다시 한 번 사과를 드렸다.

"어떻게, 어려운 일은 해결되셨습니까?"

"그게 아직… 사채도 약간 있어서요."

나미의 아버지 김남철 씨는 얼굴을 붉혔다.

"사채라면 이자가 만만찮을 텐데요. 빚이 얼마입니까?"

"1억 정도 됩니다."

"흠, 적지 않은 금액이군요. 그게 전부입니까?"

"은행 대출금은 장기로 돌렸기에 일단 급한 것은 그 정도입니다."

나는 김남철 씨의 통장에 1억을 바로 넣었다.

그리고 이 돈은 나중에 같이 정산하자고 했다.

김남철 씨는 매우 감동해 고맙다는 말을 몇 번이나 거듭하였다.

나도 돈 때문에 고생해 보았다.

두 번이나 사업을 말아먹었으니, 그 심정을 누구보다도 잘 안다.

어려운 상황 속에서 1년이나 참아준 김남철 씨를 생각하니 얼굴이 화끈거렸다.

사채를 쓸 정도였으면 무척이나 어려운 상황이었을 텐데.

아이들의 수익은 신인임에도 불구하고 꽤 되었다.

경비를 제하고 나에게 1억 3천 가량 들어왔으니.

아직 CF를 하나도 찍지 않은 상태였기에, 조금 더 알려진다면 수입은 훨씬 더 많아질 터였다.

아이들의 문제는 SN 엔터테인먼트사가 다 알아서 하리라는 안일한 생각이 실수였다.

사장인 내가 좀 더 세심하게 살폈어야 했다.

아이들을 제대로 돌봐줄 수 없으니 놔줘야 하는데, 연예계가 만만찮아서 망설여진다.

아이들이 자신의 의지로 결정할 수 있게 되기까지 옆에서 지켜 주고 싶다는 욕심도 한몫했다.

문득 아이들이 보고 싶어졌다.

전화를 해보니 진미와 나미는 방송이 잡혀 있어 만날 수 없고 경미와 수정이는 마침 2층 SN 사무실에 있었다.

진미와 나미 부모님들과 헤어지고 난 후, 커피숍 건물 2층에 있는 SN 엔터테인먼트사 사무실로 갔다.

"안녕하세요."

"사장님!"

아이들이 나를 보고 달려와 반갑게 인사한다.

이렇게 착한 아이들이 있을까?

사장이라도 가뭄에 콩 나듯 보는데 나를 무슨 대단한 사람 취급하며 반긴다.

수정이는 큰 눈을 깜박인다.

처음 볼 때와는 달리 자신만의 매력을 찾아가는 모습이다.

자신이 매월 받는 작은 돈으로 온 가족이 살아야 하지만, 누구에게도 원망의 빛을 보이지 않는다.

그에 반해 경미는 부유한 편에 속한다.

마음 착한 경미는 눈에 보이지 않게 수정이를 항상 챙기곤 했다.

경미의 동그랗고도 귀여운 얼굴이 나는 좋다.

이렇게 착한 아이들이 제대로 잘 자라야 할 텐데 하는 생각 이 부디 나의 기우이기를 바랄 뿐이다.

"많이 늘었어?"

"네."

자신 있게 대답하는 아이들을 보면 미소가 절로 나온다.

꿈을 위해 젊음을 불사르는 모습을 보는 것은 무척이나 즐거웠다.

마침 사무실에 김승우 대표가 있어 아이들의 상태를 물으니, 데뷔 준비를 할 시기는 왔지만 몇 가지 부족한 점들이 보여 연습이 더 필요하다고 한다.

그 말을 듣고 아이들을 다시 찾아갔는데, 아이들은 연습실에서 안무와 노래 연습을 하고 있었다.

춤을 추지 않으면 풍부한 성량과 섬세한 목소리가 나왔지만, 춤만 췄다 하면 목소리가 미세하게 갈라지고 있었다.

아이들도 그것을 의식해서인지 춤 동작이 흐트러지곤 했다.

연습이 끝나고 아이들과 근처의 맛있는 레스토랑으로 가 스테이크와 파스타를 사줬다.

아이들은 근사한 메뉴에 좋아하며 맛있게 먹었다.

디저트로 아이스크림을 먹는 아이들을 향해 말했다.

"김 대표님이 조금 더 걸릴 것 같다고 말씀하시네. 언제 데뷔하느냐가 아니라 얼마나 오래, 그리고 대중의 사랑을 얼마나 받을 수 있느냐가 중요해. 수정이는 내년부터 월급을 올려주고, 경미에게도 작지만 따로 활동비 명목의 돈을 지급해 줄게."

"정말요?"

수정이가 눈물을 글썽이며 묻는다.

그 모습을 보니 그동안 말은 하지 않았지만 생활이 진짜 어려웠나 보다.

나는 수정이에게 매월 120만 원을 지급하고 있었다.

연습생치고는 많이 받는 편에 속했다.

대부분의 연습생은 아무런 활동비를 지급받지 못하며 자신들이 안무비와 보컬 트레이닝 비용을 내야 하는 경우도 많다.

"알다시피 연예인을 하려는 사람은 무척이나 많아. 경쟁자가 엄청 많고 치열하다는 뜻이겠지. 어수룩하게 나가서 까이면 그나마의 기회도 잡기 힘들어져. 알다시피 내가 기획사를 차린 이유는 아내가 연예인이라 관심을 갖다 나미를 발견해서야. 투자를 했으니 너희가 성공해 나도 돈을 벌어야겠지만, 이런 말 하긴 뭐하지만 난 너희를 통해 돈을 벌 생각은 없다. 그러니 현주가 SN 소속으로 계속 남아 있는 것이지. SN은 너희에게 술시중이나 성 상납 같은 그런 굴욕적인 일을 절대 시키지 않을 좋은 회사야. 천천히 가더라도 바른 방향으로 가야해. 그렇지 않으면 다시 되돌아와야 하는데, 연예인들에게 기회는 많이 주어지지 않아. 그러니 마음을 차분하게 가다듬고 연습하도록 해. 너희보다 어린 나미와 진미도 많이 준비했으니까. 알았지?"

"그럼요, 사장님."

수정이가 대답을 하며 눈물을 흘리자, 경미도 따라 울었다.

"우리는 사장님을 만나서 정말 행복해요."

"무슨 소리야. 너희가 어른이 되어 스스로의 결정으로 떠나겠다면 나는 절대 잡지 않을 거야. 난 너희가 나쁜 기획사의 돈벌이 수단이 되어 연애도 못하고 사생활도 없는 연예인이 되길 원하지 않아. 충분히 인격이 성숙해진 다음에 말하면, 그 의견이 무엇이든 존중해 줄게. 알았지?"

"네에."

이번에는 대답을 하며 웃는다.

얼마나 힘들겠는가?

남들과 비교할 수도 없을 정도로 뛰어난 재능을 가진 아이들이지만, 문제는 그런 아이들이 너무 많다는 점이었다.

너도 나도 연예인이 되려고 하니 말이다.

아이스크림을 다 먹은 뒤, 나는 아이들과 근처 백화점에 가서 필요한 것들을 선물로 줬다.

수정이를 생각해 안무복으로 쓸 수 있는 운동복과 외출복, 운동화와 머리핀 등을 모두 사주자 아이들이 깜짝 놀라했다.

"이래도 돼요, 사장님?"

"몰랐어? 나 너희가 생각하는 것보다 훨씬 부자야. 이렇게 사주고도 아무 지장 없어."

"와, 정말 감사해요."

아이들은 두 손 가득 쇼핑백을 들고 기뻐했다.

부담스러워할까 봐 일부러 회사 일을 이야기해 줬다. 월급도 무지 많다고 해줬다.

아이들과 쇼핑을 마치고 백화점을 나오는데, 스치듯 지나가는 그녀의 모습을 보게 되었다.

그녀는 남자 아기를 품에 안고 있었다.

큰 눈과 짙은 눈썹을 보니 전생에 내 아들이었던 민우가 확실했다.

말할 수 없는 감동과 슬픔이 몰려와 나는 가슴을 쳤다.

주체 못할 정도로 가슴이 떨려 왔다.

아이들이 부르자 겨우 정신을 차릴 수 있었다.

"사장님, 왜 그러세요?"

"아, 아니야. 갑자기 생각난 것이 있어서."

나는 아이들을 집까지 바라다 주고 집으로 돌아오면서 묘한 감정에 사로잡혔다.

너무 찰나의 시간이라 그녀가 어떤 모습이었는지 채 기억나지 않았다.

그래서 어떤 표정이었는지조차 모른다.

그녀는 나와 결혼하지 못함으로 결국 미혼모가 되어버렸다.

그 점이 마음에 혹처럼 걸렸다.

집에 돌아오니 딸과 강아지 엘리스가 거실을 뛰어다녔다.

아이를 위해 방음 스펀지를 두 장이나 깔았음에도, 미세하게 바닥에 진동이 났다.

아래층에는 노부부가 살고 계셨는데 다행스럽게도 귀가 조금 어두운 편이셨다.

"아빠빠."

"멍."

아이와 강아지가 나를 발견하고는 반긴다.

이런 모습에 아이 키우는 재미를 느끼는 것 아닌가?

아버지 어머니께 인사를 드리고 있는데 현주가 들어온다.

요즘 현주는 바쁘다.

학교를 다니기 시작해 2학기를 마쳤으며, CF 광고도 틈틈이 찍었다.

예전에 청바지나 전자 제품 광고를 찍었다면, 요즘은 아파트 광고나 아기 용품 또는 음료 광고가 많은 편이었다.

화장품 광고도 여전한 편이었다.

그녀는 아버지 어머니에게 인사를 드리고 내 곁으로 와 물었다.

"당신도 지금 왔어요?"

"응. 우리 아이들 만나고 왔어."

"나미와 진미?"

"아니, 걔네들은 방송이 있어서 못 만났고 수정이와 경미를 만났어."

"아, 연습생이요?"

"실력이 많이 늘었더군."

"그럼 데뷔하는 거예요?"

"아니, 외삼촌은 좀 더 있어야 할 것 같대."

"걔네들도 딸기들처럼 잘되었으면 좋겠다."

"그러게."

나는 아이들을 만나 밥과 선물을 좀 샀다고 했다.

"왜요?"

"수정이네 집이 어렵거든. 언뜻 보니 연습복이 낡았더라고. 사주는 김에 필요한 것을 한꺼번에 골라 줬는데, 내가 남자라 속옷은 골라 주지 못했어. 오해받을 수도 있어서."

"잘하셨어요. 속옷은 좀 그렇다. 속옷은 내가 사줄게. 딸기들은 안 사줬죠?"

"응, 못 만났거든."

"사주려면 그 아이들 것도 사줘야죠. 알면 단단히 삐질 수 있어요."

"그런가?"

"그럼요."

현주가 내 눈치를 본다.

'왜?' 하니 애교를 부리고 어깨도 주무르면서 '나, 당신에게 돈 좀 더 맡겨도 돼요?' 한다.

나야 좋았다.

남의 재산도 늘여 주는데 아내의 돈을 거절할 이유는 없는 법이다.

"물론이지. 그런데 손해도 볼 수 있다는 것을 명심해야 해."

"물론 알지. 그래도 난 당신이 잘할 거라는 것을 알아요."

"무서운데."

"피이, 잘할 거면서."

우리는 아래층에서 부모님과 더 이야기를 나누다 유진이를 데리고 올라왔다.

나는 항상 현주와 앞으로 어떻게 살 것인가 하는 가치관에 대한 이야기를 많이 나눈다.

여자들의 경우 결혼해서 나이가 들면 자기 멋대로 하려는 경향이 많이 생긴다.

이는 나이가 들면서 호르몬의 변화가 발생하기 때문이다.

나이가 들면 여성 호르몬이 줄어드는 대신 남성 호르몬이 많아진다.

이쯤 되면 마누라가 호랑이 같이 무섭다는 이야기가 자연스럽게 나올 때다.

여자라고 여성 호르몬만 있는 것이 아니다.

동시에 남성 호르몬도 가지고 있는데, 갱년기 전에는 여성 호르몬이 훨씬 많아 여성스럽지만 나이가 들수록 남성화된다.

9장

타이밍

오늘은 금융감독원에서 불공정 거래에 대한 확인이 필요하다는 공문이 날아왔다.

아마 동원 산업의 투자 의뢰를 맡기 전 그 회사 주식을 대량으로 매집한 것이 문제가 된 듯했다.

주가 조작의 여지가 있다고 판단한 것 같았다.

금융감독원이나 한국 거래소는 불공정 거래에 대해 조사할 수 있다.

주로 제보에 의존하는데, 누군가 찌른 모양이었다.

누가 제보를 했을까 궁금하기는 했다.

불공정 사실이 드러나면 제보자에게 보상하기는 했다.

회계 기준일이 다가오고 있어, 동원 산업에 투자 종목 수익을 보고해 주거나 매도 후 자금을 입금해야 한다.

나는 후자를 선택했다.

내 회사도 아닌데 나의 투자 정보를 알려주고 싶지 않았기 때문이다.

나의 투자 행태는 사무실 직원들도 아직 모른다.

애플과 구글 주식을 단순 매집할 뿐이었지만 이것만큼 굉장한 정보가 또 어디 있는가?

매도 후 매도 대금을 모두 입금하자 회사가 발칵 뒤집혔다.

애플 주가는 스티브잡스가 CEO에 복귀한 전후 잠시 오르다 2년간 횡보를 한다.

그러다 2004년 후반부터 가파르게 상승하기 시작했다.

2008년 크게 조정이 있은 후, 2009년부터는 암벽 등반보다 더 가파른 상승세를 보여주는 애플 주가 그래프다.

불과 5개월도 안 된 사이 수익률이 100%를 넘어, 투자 이익금 393억이 생겼다.

나는 수수료 명목으로 211억 4천만 원을 챙겼다.

회사 관계자들도 모두 놀란 듯 나를 무슨 괴물 보듯 했다.

물론 회사 내에서의 대우도 이전과는 천지 차이였다.

이전에도 물론 부동산을 팔고 액면 분할을 시도해 주가를 끌어올린 공이 있었기에 대우는 매우 좋았다. 그러나 지금은 그 정도를 넘어섰다.

회사에 출근하자마자 나동태 회장의 호출이 있어 회장실로 갔더니, 많은 사람이 기다리고 있었다.

전략 기획 팀장인 최병만 씨와 상무이사 전병호 씨는 물론, 사장 나인촌 씨도 있었다.

"어서 오십시오."

"아, 네……."

"하하하. 모두 팀장님을 보고 싶어 모인 사람들입니다."

나는 어리둥절했다.

수익을 좀 많이 냈을 뿐, 이렇게 몰려올 사안은 아니었다.

뭔가 할 이야기가 따로 있는 것 같았다.

아니나 다를까 이야기가 한참 진행된 후, 내게 개인적인 자금을 맡기고 싶다는 의견을 내었다.

나야 주면 받는다.

공짜로 해주는 것도 아니고 수수료를 받고 하는 일인데 망설일 이유가 어디 있는가?

다만 받기 전 투자금 전액을 날릴 수도 있다는 주의를 주고, 그들에게서 위탁금을 받기로 했다.

내가 이렇게 이야기를 해도 사람들은 자신들이 융통할 수 있는 모든 현금 자산을 싸 가지고 올 것이다.

돈은 따라간다고 벌 수 있는 것이 아니다.

때가 왔을 때 결정하지 못하면, 항상 그 모양 그 꼴이 될 수밖에 없다.

부자들이 왜 부자인가 하면 이 타이밍을 잘 잡기 때문이다.

부자라고 더 똑똑하거나 일을 잘하진 않는다.

작은 돈은 노력하면 모을 수 있지만, 큰돈은 절대 그렇게 못 모은다.

"아, 그런데 자금 팀장님. 이번에 주주들이 배당을 기대하고 있는데 어떻게 생각하십니까?"

"네? 그거야 회사가 알아서 할 일이죠."

"그래도 팀장님 역시 회사 지분을 많이 가지고 있지 않습니까?"

말하는 눈치를 보니 여기 있는 사람들 대부분은 주식을 많이 가진 자들이었다.

"뭐, 그러면 제가 번 것의 절반 정도만 주주 배당하도록 하지요."

"그래도 되겠습니까?"

"물론이지요."

아마 내가 벌어들인 돈을 자기들 마음대로 쓰기가 껄끄러웠던 듯했다.

나는 다시 800억에 대한 서류를 작성하고 받았다.

회사는 부동산 처분에 따른 수익의 일부도 배당에 포함시켰다.

동원 산업이 그동안 주식 수가 적어 고배당임에도 불구하고 주가가 낮았던 이유는 뚜렷하게 내세울 것이 없는 회사였기 때문이다.

무슨 제조 회사도 아니고, 부동산을 과다 보유한 데다 해외에 자원을 투자한다는 사실은 알고 있었다.

하지만 이것들은 눈으로 확인하기 곤란하다.

예를 들어 탄자니아에 유전 개발을 했다 공시해도, 그것을 개발하고 상품으로 만들어 판매한 뒤 수익으로 들어오려면 정말 많은 시간이 걸린다.

배당액이 결정되자 주가는 단숨에 상한가를 기록했다.

물론 배당액 자체가 주가에 비해 큰 금액은 아니었으나, 회사의 재무 구조가 그만큼 튼튼함을 나타내 주는 것이니 주주들로서는 안심하고 주식을 살 수 있다.

다음 날도 그다음 날도 주가는 상승했다. 그리고 직원들에게도 성과급이 지급되었다.

회사는 30억을 성과급으로 풀었는데 직원의 수가 많지 않아 한 사람당 받는 금액은 결코 적지 않았다.

내가 받은 금액은 5억이나 되었다.

자신들 돈을 맡긴 경영진들의 잘 봐 달라는 의도가 다분히 들어 있는 듯했다.

배당은 국가 경제를 생각하면 많이 해야 한다.

물론 가장 이익은 당연히 주식을 가지고 있는 주주들이지만, 주식은 매 도시에 세금을 0.3%만 내는 데 비해 배당금은 무려 16.5%를 낸다.

주식으로 돈을 번 워렌 버핏이 부자 증세를 주장하는 것은 주제를 모르는 일이다.

그는 일단 내고 나서 주장해야 한다.

매년 수억 달러를 버는 버핏은 소득세 따위의 세금을 낸 적이 별로 없다.

엄청난 금액을 벌면서도, 오직 주식 거래세만 내고 있는 것이다.

그러니 연봉이 수십만 달러에 불과한 자기 비서보다 세금을 적게 내는 것 아닌가?

그는 그의 아버지 하워드 호만이 했던 것처럼 수표책에 사인하고 국가에 내면 된다.

그렇다고 내가 부자들의 증세 정책에 반대하는 것은 아니다.

다만 버핏에 대한 내 생각이 긍정과 부정을 차례로 교차하고 있을 뿐이다.

✳   ✳   ✳

2005년의 마지막 해가 졌다.

나는 현주와 함께 TV를 보며 새해를 맞이하였다.

애플과 구글 모두 주식 배당을 했다.

주가가 오르고 있는 상황에 이편이 주주들에게 훨씬 유리하기 때문인지는 몰라도 나야 좋았다.

미국의 기업들이 현금 배당보다 주식 배당을 선호하는 이유는 회사의 시가 총액이 늘어나기 때문이다.

현금 배당을 하면 대부분의 주주는 그 돈을 찾아서 쓴다.

그러나 주식 배당을 해버리면 늘어난 주식의 수만큼 회사의 규모가 커진다.

4서클에 도달한 후 한동안 마법 수련을 등한히 하기는 했지만, 그래도 습관이 무서운지 꾸준히 하고 있었다.

나는 현주에게 마나 수련법을 가르쳐 주기로 했다.

마법은 배우기 쉽지 않을 것 같아 포기하였다.

나야 9서클의 마스터 자크 에반튼이 마법으로 지식을 이전시켜 주어서 가능했지만, 마법 언어인 룬어는 배우는 데만 몇 년은 족히 걸릴 것이기 때문이다.

"여보, 내가 단전호흡 비슷한 것을 가르쳐 주려고 하는데 배울래?"

"난 별루인데."

"이것을 하면 잘 늙지 않게 돼. 내가 나이보다 어려 보이는 것도 사실 이 수련법 때문이야. 당신은 아직 젊지만 시간이 가면 나보다……."

나는 이쯤에서 일부러 말을 끌었다.

더 나아가면 분명 현주가 토라지거나 화를 내면서 분노의 일격을 날릴 것임을 알기 때문이다.

"그거 하면 젊어져요?"

"그럼, 난 당신이 항상 젊고 아름답게 사는 것이 좋거든."

"좋아요. 가르쳐 주세요."

역시 여자라서 그런지 젊어진다고 하니 바로 배운다는 말이 나온다.

마나 수련만 제대로 해도 평생을 건강하게 살 수 있다.

게다가 1서클이 돼 가벼운 마법 시동어를 배우면 일상생활에 도움도 되고 말이다.

"이렇게요?"

"응, 그렇게 가부좌를 해도 좋고 편하게 있어도 좋은데 움직이면 안 돼. 호흡을 크게 하고 그것을 삼킨다고 생각하는 거야. 그리고 그 호흡들이 안으로 들어와 내 몸을 돈다고 이미지를 떠올리는 거지. 당신도 대기 속에 무수히 많은 에너지가 있다는 사실을 알지?"

"응."

"그 에너지를 내 것으로 만든다고 상상하는 거야. 대기 가운데는 마나 또는 기라는 것이 있어. 그 기를 자신의 것으로 만들면 건강해지고 젊어져."

"와, 정말요?"

"응, 싯다르타가 깨달음을 얻어 한순간에 부처가 된 것처럼, 대기 가운데 위대한 기가 숨어 있어."

현주에게는 기라고 설명했지만, 속으로 드래곤 하트의 마나라 중얼거렸다.

마나 수련법은 심상 수련이 가장 중요하기에, 이미지를 구현하는 방법을 깨달으면 배우기가 쉬워진다.

현주는 배우어서인지 너무나 쉽게 마나 수련법을 깨달았다.

좀 허탈하기는 했지만 하루에 2시간은 꼭 하라고 일러주었다.

그러자 현주가 놀라 '그렇게나 오래해요?' 한다.

"어느 정도 단계에 도달하면 잠을 덜 자도 피곤하지 않게 되니, 문제는 안 돼. 아름다워지고 젊고 건강하게 사는 것이 쉬운 일은 아니잖아."

"물론 그렇죠."

"나를 믿으면 적어도 3년은 해 봐."

"응. 여보. 근데 나, 하고 싶어요."

나는 얼굴을 붉히는 그녀의 손을 잡아끌고는 침대로 가 덮쳤다.

사실 나는 육체가 강화되어 성욕이 많아진 편이지만, 평소 성 생활은 부부지간이라도 부끄러워 말을 안 하거나 해서는 안 된다는 주의였다.

남자들은 낮에는 현숙한 여인, 밤에는 요부로 변하는 여자를 최고로 친다.

그럴 수밖에 없는 것이, 낮에도 요부로 보이는 여자는 술집에나 가야 한다.

남자가 불안해서 어떻게 혼자 내버려 두겠는가?

황진이가 기생으로 살 수밖에 없던 이유는, 낮에도 요부로 보여 남자가 상사병으로 죽었기 때문이다.

낮에는 그냥 그런 수수한 여자로 보이다 밤에는 색을 밝히는 요녀로 변하는 것이 남자들의 로망이다.

남자가 열심히 허리를 놀리고 힘을 쓰는데 여자가 나무토막 같이 뻣뻣하게 있으면, 한마디로 김이 샌다.

부부지간에는 정상위와 같이 점잖은 자세만 하면서 힘을 아낀 노련한 남자들은 밖에서 바람을 핀다.

그러면서 위안 삼는다.

부부지간에 어떻게 요란하게 그럴 수 있느냐 하며 말이다.

그러나 밖에서 바람을 피울 때 자신의 아내는 정절을 지킬 것이라는 생각은 그다지 현명하지 않다.

남자가 바람을 필 수 있다면, 여자도 마찬가지다.

대상이 있으니 바람을 피우는 것 아닌가?

그러니 부부는 애초부터 깨놓고 성담론을 하는 편이 낫다.

남자들은 아직도 우리 문화가 유교의 영향권 안에 있다고 생각하는데, 그건 정말 말도 안 되는 착각이다.

성은 본능인데 이것을 윤리나 규범으로 묶어둘 수 있다고 본 유교의 생각 자체가 한심하다.

조선 왕조 오백 년사를 보면 무수한 야사에 남녀상열지사가 나온다.

주인이 지나가는 자신의 여종을 덮치는 것은 그 시대에 논란거리도 아니었다.

그런데 오늘날 이렇게 성이 개방된 사회에 살면서, 부부지간에 조신하다는 게 말이 되는가?

"무슨 생각해?"

"응, 아무것도 아냐."

나는 황급히 현주의 어깨를 껴안았다.

여자란 아무리 유명해도, 사랑하는 사람 앞에서는 한없이 작아진다.

특히 현주의 경우는 그 정도가 심했다.

그럴 수 있는 것이, 현주 자체가 스타라는 의식이 별로 없기 때문이다.

장인어른과 장모님이 어떻게 교육을 시켜 놓았는지는 몰라도 삶의 태도가 겸손하고 건강했다.

뭐 조금 짐작은 되었다.

내가 처음 인사 차 현주의 집에 방문했을 때 만났던 꼬맹이들의 명랑함과 다정함을 생각하면, 어쩌면 이런 행동들이 그녀에게는 매우 정상일 수 있었다.

자살을 한 연예인들의 배후에는 항상 문제의 부모가 있었다.

부모가 도박을 하거나 사업을 날려 먹거나 하는 그런 경우가 태반이었다.

작년 2월에 자살한 여배우도 돈에 대한 압박이 심했고 부모에게도 문제가 있었던 것 같았다.

"오늘은 생각이 많네."

내 뺨에 키스를 하며 조금씩 흥분하던 그녀는 살짝 감정이 상한 듯 새침한 표정이다.

"그러게. 이렇게 예쁜 아내가 있는데 나 왜 이러지?"

"알긴 아네요. 흥."

얼굴을 붉힌 현주가 토라져 고개를 돌리자 나는 그녀에게 미소를 지으며 머리를 쓰다듬었다. 그리고 입술에 키스를 했다.

＊　　　＊　　　＊

"사장님 어디세요?"

"아, 저는 지금 커피숍에 있습니다."

"그리로 갈게요."

누구지?

음성은 귀에 익은 것 같은데 누구인지 생각나지 않는다.

나를 무척이나 잘 아는 체해서 얼떨결에 대답을 했다.

누굴까 생각하며 집필실에 앉아 아메리카노를 마시고 있는데, 노크 소리와 함께 전지나 씨가 들어왔다.

"사장님, 손님이 오셨습니다."

"누가요? 음, 일단 안으로 모시세요."

"안녕하세요."

문을 열자마자 인사를 하고 들어오는 사람은 바이올리니스트 장진주 씨다.

그녀가 왜, 무슨 일이지?

나는 그녀의 등장이 의아했지만, 그녀는 예의 과장된 표정으로 다가왔다.

가벼운 허그 후 그녀는 당당한 목소리로 카푸치노를 요구했다.

전지나 씨는 주문을 받고 홀로 나갔다.

"어쩐 일이세요? 여기까지 친히 방문을 다해주시고."

"호호, 보고 싶어 왔어요."

"그렇군요."

"참도 매력 없는 반응이군요."

"제가 좀 그렇습니다."

"결혼 생활 잘되세요?"

"그게, 아내의 밝은 성격 때문에 어찌어찌 잘 꾸려지는 것 같습니다."

"맞다, 맞아. 그런 성격이면 정말 잘 어울리겠다. 여자가 밝은데, 아참 현주 씨가 실제 성격도 밝은가 보네요. 남자마저도 터무니없이 밝으면 너무 가볍겠네요. 호호호, 나도 밝은 편이니, 이열 씨와 비슷한 성격의 사람을 만나면 되겠네요."

"아."

"풉, 진짜 재미없네요. 여기가 이열 사장님의 진짜 일터인가요?"

"아, 그러고 보니 내 일터가 어디인지 모르겠네요. 여기도 제 소유이니 아니라고 할 수 없고. 3개의 일터 가운데 아무래도 투자 사무실이 비중은 제일 크지요."

"어머, 다른 하나는 어디예요?"

"중견 기업에서 돈을 위탁받아 관리하고 있습니다. 회사에서 직책도 있고요."

"와아, 기업 돈도 받으시는 줄은 몰랐네요."

"수수료를 받는 입장이니 더운밥 찬밥 가릴 형편은 아니죠."

"설마. 1년 만에 원금을 3배로 만드는 펀드 매니저에게 그런 말은 안 어울려요."

장진주 씨 특유의 하이 소프라노에 귀가 좀 아파 왔지만, 고객 앞에서 불편한 내색을 할 수는 없었다.

"어떻게 오셨습니까?"

"그야 돈을 맡기려고 왔죠."

"돈을요?"

"저번에 부동산을 팔라고 하셨잖아요. 가만히 생각해 보니 부동산 가격이 너무 오른 것도 있고, 정부의 규제도 심해지고 있어 팔았어요."

"아, 그러셨군요. 잘하셨습니다. 아참, 오신 김에 작년 거 정산하고 가시죠."

"계속 내버려 두면 안 되나요?"

"제가 개인적으로 기업에 투자하는 경우가 있습니다. 그래서 돈이 필요하기도 하고, 회계 월이 되면 모든 사람이 정산을 원칙으로 합니다."

"그럼 정산하러 가요. 그나저나 정말 투자 사무실하고 가깝네요."

"아, 제가 움직이는 것을 별로 좋아하지 않아서요."

5분 거리에 있는 사무실로 가는데 사람들이 장진주 씨를 자꾸 바라본다.

내가 의아하게 생각하자 장진주 씨가 웃으며 설명해 준다.

"어지간한 남자들은 여자가 이런 미니스커트에 도도하게 워킹하면 저래요."

"아, 난 또 장진주 씨에게 뭔가 있는 줄 알았습니다."

"어머, 섭섭한 말씀을 하시네요. 저 이래 봬도 매력이 철철 넘치잖아요."

"아, 네."

"호호, 현주 씨가 정말 좋은 사람이라는 것을 알았어요. 물론 사장님도 훌륭한 분이신 건 틀림없죠. 제 말은, 저는 재미없는 것을 못 참는 성미라서요. 사장님은 정말 재미없는데, 그런데도 왠지 매력은 있어 보이니 그거 참 이상하네요."

장진주 씨는 세 번째 만나서인지 말이 무척이나 많았다.

여자는 정말 어느 정도 겪어 봐야 안다고, 이렇게 말이 많을 줄 누가 알았겠는가?

처음 사무실을 방문했을 때의 그 어둠의 포스는 다 어디로 갔는지.

"개인적인 질문을 해도 되나요?"

"어머, 당연히 되죠. 대표님이 물으시면 제 가슴 사이즈도 말씀드릴 수 있어요."

"쿨럭."

"호호."

나는 그녀의 당돌한 말에 얼굴이 붉어져 더 이상 말을 못했다. 그러자 더욱 즐거워한다.

"그런데 뭔가요?"

"아니요, 음악에 대해서 물어보려고 했는데 안 해도 될 것 같습니다."

"어머, 내가 취미로 바이올린 하는 것을 알아보셨구나."

"네?"

"그거 취미예요. 아빠가 살아 계셨을 때 너무 원하셔서 한 거예요. 아빠 보고 싶다."

우리는 천천히 걸어서 사무실에 도착했다.

그곳에는 원하지 않는 손님이 나를 기다리고 있었다.

"금융감독원에서 나왔습니다. 김이열 사장님 되십니까?"

"네, 그렇습니다. 바쁘지 않으시면 차나 한잔하고 계시지요. 고객이 오셔서 이야기를 빨리 끝내고 하도록 하죠."

금융감독원에서 나온 두 명의 남자는 뭐 이런 사람이 있나 하고 나를 바라보았지만, 나는 눈 하나 깜짝하지 않았다.

죄가 있어야 무서워하든 말든 하지.

나는 직원이 간추린 서류에서 장진주 씨의 파일을 꺼내 보여 줬다.

장진주 씨는 투자 수익금을 놓고 사무실 안에서 팔짝팔짝 뛰었다.

"오, 마이 갓. 믿을 수 없어. 사랑해요, 사장님."

"의도가 의심되는 애정은 거절입니다."

"그래도 사랑할 거야."

자신의 서류를 본 장진주 씨가 도저히 믿을 수 없다는 듯 말했다.

이번에는 수수료를 일괄 제하고 107억 3천 8백만 원의 수익을 거두었다.

놀라 부르짖는 그녀의 행동은 당연하였다.

"수수료를 제한 금액입니다. 도합 166억이 조금 넘는군요."

"오 마이 갓, 어떻게 2년 사이에 20억이 166억이 돼요? 이거 진짜예요?"

"저희도 나중에 감사를 받습니다. 그래서 고객을 속일 수 없습니다. 그리고 166억은 저에게 그다지 큰돈이 아닙니다."

"그렇겠죠. 저같이 돈을 맡긴 사람이 한두 명이겠어요?"

"……."

나는 한동안 말없이 그녀를 지켜보다 말했다.

"어떻게 하시겠습니까? 찾으신다면 일주일 정도 걸리고, 환율 변동에 따라 약간 차이가 날 수 있습니다."

"환율이요?"

"나스닥에 투자를 했습니다. 국내 기업 가운데서는 제가 굴리는 돈의 규모가 커져서 그 정도의 수익이 날 수 있는 기업은 거의 없습니다. 불가피한 선택이었지만 안정적인 기업에 투자했으니 안심하셔도 됩니다."

"그래도 믿을 수 없어요."

"코카콜라 한 주를 가지고 있던 사람이 팔지 않고 가지고 있었으면 백만 달러의 갑부가 되었을 것입니다. 그게 주식이죠. 반대로 완전히 망할 수도 있고요."

"빌딩 판 것을 맡기려고 했더니 너무 놀랐어요."

"아, 네. 분산 투자를 하셔야죠. 제게는 막말로 완전히 날릴 수 있다는 생각하에 맡기셔야죠."

"날아갈까요?"

"제가 아는 한 그렇지는 않습니다. 말이 그렇다는 겁니다."

"말이라도 너무 놀랐어요. 20억일 때는 뭐 그렇지 했는데 160억이 넘어가니 저도 눈이 돌아가네요."

"그럴 리가요. 그냥 돈은 돈일 뿐인데요."

"어머."

장진주 씨는 한참을 놀라다가, 165억 2천만 원에 대한 사인만 하고 돌아갔다.

　자신이 투자한다고 한 빌딩을 판 돈은 이야기도 하지 않고 갔다.

10장

기다리는 법

나는 잠시 후 들어온 금융감독원의 사람들과 이야기를 하였다.

"그러니까 장 과장님, 제보가 들어왔는데 살펴보니 이상해서 저희 사무실을 조사를 해야겠다는 말이죠?"

"그렇습니다."

장 과장이라는 사람은 스포츠머리에 금테 안경을 쓴 날카로운 인상의 남자였다.

그는 다소 고압적인 자세로 나를 내려다보았다.

"뭐, 인정합니다. 제가 지분을 확보하자마자 주가가 2배 이상 올랐으니까요."

나는 동원 산업과 맺은 계약서를 보여주었다.

"이게 무엇입니까?"

"제가 동원 사업과 맺은 첫 번째 계약서입니다. 뒤에 있는 서류는 지난 5개월 동안의 투자금에 대한 수익금을 정산한 것입니다."

"……."

그는 서류를 검토하고 나서 한참 말없이 있었다.

그러자 옆에 있던 직원이 서류를 넘겨받았고, 그 역시 비슷한 표정을 지었다.

"이, 이거 믿어도 되는 겁니까?"

"알아보십시오. 정상적인 루트를 통해 600억이 나갔다가 1,000억이 들어오고, 다시 800억이 나갔습니다. 제 수수료에 해당하는 액수는 뺐습니다. 환차손의 위험도 있고 해서요."

"믿을 수가 없군요. 국내에 이렇게 높은 수익률을 가진 투자사가 있다는 말은 들어보지도 못했습니다."

그들은 도저히 믿을 수 없다는 표정을 지었다.

나는 그런 그들을 이해하지 못했다.

사람들은 자기의 관점에서 생각하고 판단하니 이런 일이 일어난다.

아니, 이들은 너무 잘 아니 오히려 못 믿는 것이다.

전문가이니 5개월 만에 수익률이 100% 증가되었다는 사실을 믿기 힘들어했다.

나는 할 수 없이 구글과 맺은 약정서를 보여주었다.

"이것은 무엇입니까?"

"작년에 구글이 안드로이드를 인수한 것은 아시지요?"

"그렇습니다."

"안드로이드에 제 개인 돈으로 투자한 금액에 대한 양해각서를 작성했습니다. 그때 만들어진 서류 중 저와 관련 있는 것이죠. 안드로이드의 제 지분 35%를 구글의 주식으로 넘겨준다는 서류고, 실제 7천만 달러에 해당하는 주식을 받아 지금은 1억 4천만 달러가 되었습니다. 그런데 왜 제가 주가 조작을 목적으로 동원 산업 주식을 매집하겠습니까? 다른 곳에 더 큰돈이 돌아다니는데 이곳에서 이상한 수작을 할 이유가 없죠."

"…그렇겠군요."

"저는 원래 동원 산업을 제 회사로 만들 생각이었습니다. 그런데 나동태 회장님이 경영권을 방어하려고 끝없이 저를 설득했죠. 저도 그 회사를 인수하기에 아직은 버거워 수락한 것이고요. 이것이 그 증거 자료들입니다."

나는 나동태 회장과 전병호 상무를 만났을 때 촬영한 두 개의 영상을 보여주었다.

"상대방의 동의를 받은 것이 아니기에 유출은 하지 못합니다."

"왜 이런 것을 촬영하셨습니까?"

"제 개인적인 기호입니다. 동원 산업의 지분 12%를 매집했을 때, 그쪽에서 끊임없이 전화가 왔습니다. 혹시 저에게 불리한 이야기가 나오지 않을까 염려도 되었고요. 그리고 여기도 녹화되고 있습니다."

"네에? 그게 무슨 말이신지?"

"저기 보이시죠?"

나는 CCTV용 카메라를 가리켰다.

"센서가 달려 있습니다. 그래서 누구든 이 방에 들어오면 찍힙니다."

내 장인이 부하 직원들에게 배신을 당해 사업이 망할 지경에 갔었다는 말을 듣고서야 그들은 고개를 끄덕였다.

그들은 영상들을 살펴보고 서류를 복사해 갔다.

그러면서 조만간 아내를 보내겠다는 말을 하기에 그러라고 했다.

돈 냄새 맡고 오겠다는데 말릴 이유는 없었다.

정말 금융감독원들 상대는 힘들었다.

대놓고 무시하지는 않았지만, 몸에 밴 권위적인 태도는 아무리 조심해도 은연중에 나타나게 마련이다.

그런 공무원을 대하기는 쉽지 않다.

지난 2년 좀 넘게 번 돈은 이제 4천억이 넘어간다.

개인이 쓰기에는 상상도 할 수 없는 금액이지만, 나는 투자를 포기할 수 없었다.

이 금액이면 한국에서도 어느 정도 되는 기업을 M&A 시도할 수 있지만, 문제는 기업을 산다고 수익이 난다는 보장이 없다.

그냥 애플의 주식을 사 놓고 있으면 알아서 돈이 불어날 테니 말이다.

애플과 구글이라는 특별한 주식을 알고 있으니, 이제 마법사의 감각을 이용한 투자를 할 필요가 없었다.

가만히 앉아 있어도 돈이 돈을 버는 구조가 되었다.

소문이 나면 더 많은 돈이 몰려올 것이다.

이제 싸움을 시작할 작은 칼 하나를 비로소 마련했다.

이 칼이 총이 되고 대포가 되고 미사일이 될 때까지 나아가야 한다.

적의 숨통을 단숨에 움켜지기 전에는 앞으로 나서서는 안 된다.

*　　　*　　　*

나는 투자 사무실에서 나와 거리를 걸었다.

한적한 길을 걷는데, 누군가 힐끗거리며 바라보는 것이 느껴졌다.

돌아보니 눈부시게 아름다운 미녀가 나를 바라보고 있었다.

모르는 사람이기에 그냥 고개를 돌려 가던 길을 가려는데, 그 여자가 나에게 다가왔다.

"혹시 이열이 오빠?"

뒤로 고개를 돌리자, 나를 바라보던 미녀가 있었다.

"맞습니다. 혹시 저를 아세요?"

나의 말에 그녀는 잠시 놀란 표정을 짓더니 말한다.

"김이열 오빠 맞죠?"

"오빠인지는 모르지만 김이열이 제 이름인 것은 확실합니다."

"어쩜 나를 몰라볼 수가 있어요?"

"……?"

나는 이 말도 안 되는 장면을 이해할 수 없었다.

내 기억에 이렇게 아름다운 여자는 내 아내 현주, 그리고 전처였던 김미영, STL의 이미주 씨 외에는 없다.

물론 연예인으로 따지면 좀 있겠지만 말이다.

"나, 길숙이야."

"길숙이? 설마……?"

"이름은 기억하는구나."

길숙이라면 집이 마포일 당시 옆집에 살았던 여고생이었다.

그때 나는 S대 3학년이었다.

이렇게까지 미인은 아니었지만, 생각해 보니 제법 예쁘긴 했었다.

"그때는 좀 통통했었던 것 같았는데."

"응, 시험 준비 하느라 항상 스트레스를 받았으니까요. 오빠는 뭐해요?"

"그냥 직장 다녀."

"아, 난 얼마 전에 유학 마치고 돌아왔어요."

"그러니?"

눈앞의 미녀 이름은 마길숙이다.

이름만 보면 그런 촌스러운 여자도 없을 것 같은데, 얼굴은 이름 따위야 저리 가라 할 정도로 아름다웠다.

길숙이가 밥을 사달라고 해서 저녁을 사주었다. 그녀는 내 전화번호도 기어이 알아갔다.

그녀에게는 통통했었다고 말했지만 실은 무척 뚱뚱했던 여고생이었다.

약간 신경질적인 면도 있었지만 나름 명랑해서 자주 이야기했었다.

당시 내가 S대를 다니고 있었기에 진학 상담 비슷한 것도 했었고.

그러나 아무리 여자의 변신은 무죄라지만 변해도 너무 변했다.

눈부시게 변한 얼굴에서 과거 길숙이의 모습을 찾는 것은 한강에서 보석을 우연히 줍는 일보다 힘들었다.

집으로 돌아오는 길에 길숙이가 문자를 보냈다.

만나서 반가웠고 저녁 잘 먹었다는 평범한 내용이었다.

집에 도착해 현관문을 열려고 하는데 길숙이에게 전화가 왔다.

왜 문자에 답장이 없냐고 한다.

이것은 또 뭔가 싶었지만 우선 미안하다고 하고 전화를 끊었다.

그리고 나도 만나서 즐거웠다고 문자를 보냈다.

여자들은 왜 이러는지 모르겠다.

내가 둔한지는 몰라도, 사귀는 사이도 아닌데 오빠, 즐거웠어요, 라는 내용에 무슨 답장을 하는가? 그냥 즐거웠나 보다 하지.

혼자 거실 소파 밑에 있던 엘리스가 나를 보고 멍, 하고 짖으며 꼬리를 흔들고 반겼다.

나는 엘리스에게 손을 흔들어주고는 안방에 들어가 인사를 드렸다.

2층에 올라가니 현주가 딸아이를 안고 잠들어 있었다. 아기를 잠재우다 자신도 잠이 든 것 같았다.

고요히 잠든 아내와 딸아이의 모습을 보다가 창밖으로 시선을 돌렸다.

어둠이 짙어 도시의 불빛이 흐릿하게 눈에 들어왔다.

한적한 주택가라 화려한 조명도 네온사인도 없다.

나는 아내와 딸의 잠을 깨울까 염려되어 조심스럽게 잠옷으로 갈아입고 소파에 몸을 기댔다.

늦은 저녁, 길숙이가 너무 많은 이야기를 하는 바람에 시간이 흘러갔고 이렇게 늦어버렸다.

아, 오늘은 사실 현주의 품이 그리웠다. 그녀의 안에 들어가서 그냥 가만히 잠들고 싶었다.

잠에 들었다가 몸이 찌뿌등하여 일어나 보니, 새삼 침대에서 아내를 안고 싶었다.

그러나 엄마의 품에서 잠들어 있는 딸아이를 보니 온몸을 돌고 돌던 성욕이 사라져 버렸다.

소파에 다시 몸을 던지려고 하는데 아내가 일어나 욕실로 간다.

나는 뒤따라 들어갔다.

그녀가 깜짝 놀란 표정으로 입을 열었다.

"오늘은 왜 이리 늦었어요?"

"응, 아는 사람을 만났어. 길에서 우연히."

나는 아내를 안았다. 단지 그녀에게 들어가 그녀의 따뜻함을 느끼고 싶은 마음뿐이었다.

"여보, 당신 밖에서 무슨 일 있었어요?"

"아니, 그냥 당신하고 하고 싶어졌어. 당신 가슴도 그립고 당신 냄새도 맡고 싶고."

"당신 무슨 일 있었구나. 여자 만났죠?"

"응."

"예뻤구나."

"그런 편이지."

갑자기 현주가 나의 빰을 때렸다.

불의의 일격이라, 아프거나 억울한 감정을 느낄 새도 없이 현주의 몸이 내게 더 밀착되며 들어왔다.

"당신, 그녀에게 마음이 흔들렸어. 그러니 이러지."

"그건 아니야. 단지 나는 당신하고 하고 싶었을 뿐이야."

자존심이 상한 것일까?

나는 아내의 행동을 보고 묘한 감정에 사로잡혔다.

아내는 단지 내가 여자를 만났다는 것만으로도 질투하는 것일까?

나는 화가 난 아내의 몸을 나는 정성스럽게 안았다. 아내는 다행히 거부하지 않았다.

이렇게 아름다운 아내도 이름도 모르는 여자에게 질투를 할 수 있다는 것에 놀라움을 느꼈다.

내 마음이 통했는지 현주도 내 얼굴을 조심스럽게 만진다.

"화났어?"

"아니요."

"사랑해. 알지?"

"알아요."

현주는 얼굴을 붉히며 미안한 표정을 지었다.

그제야 그녀도 내가 자신을 버리고 바람이나 피울 사람이 아니라는 사실을 깨달은 듯했다.

나는 현주를 더욱 세게 안고 그녀 안에 들어갔다.

현주는 섹스가 끝난 후 쑥스러워하며 부끄러워했지만, 이전보다 더 깊고 그윽한 눈으로 바라보았다.

나는 여자의 질투심에 대해 처음으로 배울 필요성이 있음을 느꼈다.

이토록 아름답고 매력적인 여자가, 단지 내가 다른 여자를 만났다는 말 한마디에 그렇게 마음이 격동될 수 있음을 몰랐다.

전생의 전처가 20년이라는 결혼 생활 중 질투 비슷한 행동을 한 적은 단 한 번도 없었다.

어리석은 나는 다른 사람의 결혼 생활도 나처럼 무미건조하리라 생각했었다.

그런데 현주는 나의 작은 행동 하나에도 민감하게 반응하며 자신의 몸을 불태우지 않는가?

결혼 생활은 생각보다 어렵구나.

인격을 서로 존중해 주고 배려해 주는 것만으로는 부족함을 느꼈다.

그 부족함이 무엇일까 생각하는데, 현주가 등 뒤에서 안겨온다.

"나, 당신이 나 배신하면 자기 죽이고 나도 죽을 거야."

나는 현주의 말을 듣고 정신이 번쩍 들었다.

그런 무서운 말을 어떻게 이렇게 다정하게 할 수 있단 말인가?

"그전에 내가 먼저 죽을게."

"아잉, 또 선수 친다. 행복해요."

"나도."

이 작은 사건은 내게 재앙 같은 일이었다.

밤마다 나를 덮치는 그녀의 뜨거운 몸짓에 두 손을 들었다.

모처럼 신혼 때의 열정이 다시 돌아온 것 같았다.

＊　　　＊　　　＊

아침에 일어나 TV를 보았다.

나는 어젯밤 과도한 섹스에 피곤함을 느꼈는데 현주는 생생했다.

TV는 연일 시끄러웠다.

작년 말에 터진 황우석 사태가 진정의 기미를 보이지 않았다.

2005년 황우석 교수는 사이언스지에 사람의 체세포를 복제한 배아 줄기 세포 배양에 성공하였다고 발표했었다.

그것을 PD수첩에서 논문 조작이라고 터뜨리고 말았다.

이전 삶에서도 이해할 수 없었던 것은, 왜 PD수첩이 그렇게 그를 바닥으로 끌어내리려고 했는가 하는 점이다.

그냥 내버려 두면 거짓은 스스로 드러나게 마련인데 말이다.

나중에 공개된 서울대 조사 위원회 내부 문건의, 배반포 형성 연구 업적과 독창성은 인정되며 차후 지적 재산권 확보가 가능할 것으로 판단된다는 내용으로 보아, PD수첩이 성급했다는 생각이 조금 든다.

체세포 기술과 같은 것은 오늘날 최첨단 과학 기술과 마찬가지로 시간을 다투는 연구에 속한다.

그래서 과장 보고도 나오고. 이는 오늘날 기업이 대부분 하는 일이다.

물론 학자로서는 해서 안 되는 일이었다.

무엇이 진실인지 잘 모를 때 그것을 아는 방법은 간단하다.

그냥 내버려 두는 것이다.

시간이 지나면 자연히 열매가 열리게 된다.

열매를 보면 누구나 그것이 사과인지 배인지 알게 된다.

한 방에 날아간 그 첨단 시장의 줄기 세포는, 지금 미국과 중국에서 엄청난 속도로 연구하고 있다.

다른 사람에게 물리적 혹은 물질적 피해를 주지 않았다면 그냥 내버려 두는 것이다.

시간이 진실을 가려 줄 때까지 기다리면서.

인간의 삶이라는 게 얼마나 많은 인내를 필요로 하는지, 새삼스럽게 인정해야 했다.

아버지 어머니가 여행 가방을 가지고 나오신다.

어제 늦게 들어와서 알지 못했는데, 해외여행을 다녀오신단다.

눈치를 보니 아무래도 어머니가 아기 보는 것을 힘들어하시니 아버지가 여행을 핑계로 어머니에게 한동안 휴식을 주려는 모양이었다.

"어디 가세요?"

"그래, 집 잘 보고 있어라. 네 어머니하고 일주일 동안 해외에서 쉬다 오겠다."

"잘 다녀오세요. 맛있는 것 많이 드시고요."

"오냐."

아버지 어머니가 집을 나가시고 나자, 현주가 쭈뼛거리며 말한다.

"여보, 나 오늘 광고 촬영 있는데. 엄마 아빠가 갑자기 결정하셔서 촬영 일자를 연기하지 못했거든요."

"그럼 내가 유진이 보지 뭐."

"그래도 돼요?"

"내 딸인데 그럼 누가 보나? 강아지인 엘리스 보고 보라고 해?"

"아니, 난 미안해서요."

"괜찮아. 당연히 아버지인 내가 봐야지. 걱정하지 말고 나가 봐."

현주가 나가고 난 뒤, 유모차에 딸아이를 태우고 엘리스와 함께 집을 나섰다.

오랜만에 나온 엘리스가 마구 뛰려고 하자 나는 주의를 단단히 주었다.

장난꾸러기지만 머리가 좋아 금방 말을 알아들어 신기했다.

집에서 커피숍까지 걸어가는데 수없이 많은 사람이 곁을 지나갔다.

커피숍에 가자 직원들이 유진이를 구경하느라 여념이 없다.

다들 예쁘다고 말하는데 기분이 은근히 좋다.

이래서 딸 바보 아들 바보 아빠가 생기는 거겠지만 밉게 생겼다는 말보다 확실히 기분 좋았다.

엘리스가 뛰어다니자 베티가 나와 갑자기 짖었다.

엘리스도 따라 짖었지만 안 되겠는지 곧 배를 드러내고 항복한다.

순하디 순한 베티였는데 나는 조금 놀랐다.

동물들의 세계는 인간들 세계만큼이나 서열, 질서가 중요함을 느꼈다.

하긴 이곳은 그동안 자신의 영역이었는데 어린 강아지가 나와 설치면 아무리 순한 베티라도 화가 나겠지.

유진이는 갑작스러운 낯선 환경에 어리둥절한 모양이다.

아직 어려 외출을 거의 안 하다시피 했으니.

게다가 큰 개인 베티를 보자 움찔하며 놀란다. 강아지 엘리스와는 좀 다른 모양이다.

"베티야, 내 딸이란다. 소연이처럼 잘 지내렴."

"왕 왕."

베티는 알아들은 것일까?

유진이 앞에서 재롱을 부린다.

그러자 이제는 엘리스가 질투 나는지 안절부절못한다.

이 모습을 지켜보던 손님 몇 분이 웃으시며 핸드폰으로 개와 아기를 찍었다.

손님 중 하나가 내 얼굴을 알아보고 다가와 말한다.

"이 아이 서현주 씨 딸이시죠?"

"아, 네. 제 딸이기도 하죠."

"풋! 저도 알아요. 아기가 정말 예쁘네요."

"아, 감사합니다."

엘리스가 옆에서 유진이를 바라보는데, 마치 자매처럼 다정한 모습이다.

아무래도 홀은 뜨거운 커피를 들고 다니는 공간이기에 딸을 집필실로 데리고 오자 강아지 두 마리가 따라 들어왔다.

나는 소설 습작 노트를 들고 나왔다.

그리고 오후에 만날 고객 두 분에게 전화를 해 시간을 당겼다.

전화를 하자마자 달려오신 분은 오지선 여사로, 내 고등학교 친구의 어머니시다.

"어서 오세요."

"이열아, 너 용 되었구나. 예전부터 잘난 것은 알았지만 말이다."

"아이, 왜 그러세요. 어머님."

오지선 여사는 예전에 금은방을 크게 하셨다.

제법 돈을 많이 벌어 이곳저곳 투자하다 나에게도 3억을, 그리고 작년 정산 후 더 큰돈을 위탁하셨다.

"이 아이가 네 딸이니?"

"네, 어머니."

오지선 여사는 자고 있는 유진이에게 눈길을 주셨다.

"역시 여자는 엄마가 인물이 있어야 해."

나는 머쓱해져 애꿎은 커피 잔만 바라보았다.

친구 김남진은 대기업 기획실에 근무하고 있어 무척이나 바쁘게 지내고 있다.

K대를 나와 일찍 연애를 해, 결혼하기 전에 임신을 한 탓에 아이는 벌써 4살이었다.

오지선 여사는 며느리가 마음에 든다고 했지만, 그녀의 빈한한 친정은 별로 환영받지 못했다.

그래도 어려운 기색이 보이면 아무 말 없이 큰돈을 내밀어 친정을 도우니, 그릇이 크다고 할 수 있었다.

"며느리는 마음에 드는데, 왜 손녀는 그따위로 낳아났는지 모르겠어. 엄마 얼굴을 닮아야지, 여자아이가 왜 아빠를 닮아 머리가 그렇게 크냐고."

나는 오지선 여사님의 푸념을 들으며 미소를 지을 수밖에 없었다.

말은 그렇게 하시면서 또 손녀는 얼마나 챙기시는지, 그 아이 이름으로 따로 위탁 계좌도 만드셨다.

손녀 성형 수술시켜 줄 돈이라고 하시면서.

그나마 내 주위에 정상적인 분이 많아서 다행이다.

오지선 여사님도 말이 직설적이라 처음 보면 좀 무섭지만, 사실 아는 사람들을 대단히 섬세하게 챙겨 주신다.

사업을 크게 하셔서 그런지 기본적으로 사람 다루는 법을 알고 계셨다.

"이열이 때문에 부자 됐네. 야, 이 녀석아. 어떻게 내가 평생 뼈 빠지게 번 돈보다 너에게 맡긴 2년 동안의 돈이 더 많을 수가 있냐고. 뭐 필요한 것은 없나?"

"없습니다."

"하긴 나보다 더 부자일 텐데. 그래도 아기 과자라도 사줘라."

오지선 여사가 하얀 봉투 하나를 내미신다.

"이러시지……."

"그냥 받아라. 주는 손 쪽팔리니까."

"감사합니다, 어머님."

"그럼 계속 이렇게 내버려 둬도 괜찮겠어?"

"당분간은 내버려 두십시오. 그리고 적당한 시기에 원금은 빼서 따로 관리하십시오. 당분간 별다른 일은 없을 겁니다."

"너 내 돈 날리면 안 된다."

"그럼요. 제 돈도 있으니 실수하지는 않을 겁니다."

오지선 여사가 돌아가시고 한 시간 후 약속한 고객이 다녀갔다.

오늘 일은 다 마쳤다.

*   *   *

직원들에게 수고하라고 하며 나오는데, 현주에게 전화가 왔다.

"어, 웬일이야?"

[여보, 오늘 커피숍에 우리 유진이 데려갔어요?]

"응 어떻게 알았어?"

[어떻게 알긴요. 인터넷에 떴으니까 알죠.]

"아, 그래?"

[유진이 보고 싶다.]

"아침에 봤잖아."

[그래도…….]

들어보니 오라는 소리였다.

어디서 촬영하느냐고 물어볼 수밖에 없었다.

현주는 절대 오지 말라고 하면서도 근처에 오면 전화하라고 했다.

매니저를 보내겠다고 하면서.

콜택시를 불러 촬영 장소에 도착하니 현주는 한창 촬영에 몰두하고 있었다.

그때 갑자기 유진이가 '엄마' 하고 달려가기 시작했다.

달리다 픽, 하고 쓰러졌는데, 다행히도 옆에 있던 엘리스 위로 넘어져 다치지는 않았다.

나도 전혀 예상하지 못한, 순식간에 일이라 무척이나 당황했다.

그 모습을 본 현주가 촬영을 제쳐 두고 달려왔다.

'엄마' 하고 우는 딸아이를 안으려는데, 옆에서 스텝 한 분이 급히 제지를 했다.

입고 있는 옷이 하얀색의 탑 드레스였던 것이다.

아이를 안으면 망가질 듯했다.

조금 난감했다.

딸이 왜 우는지조차 모르니 뭘 어떻게 하겠는가?

나는 현주에게 계속 촬영하라고 한 뒤 딸아이를 데리고 나왔다.

"왜 우는 거야?"

"엄마마. 보······."

딸아이의 심정은 충분히 이해가 되었지만, 그렇다고 땡깡을 받아줄 마음도 없었다.

"엄마 보고 싶었구나?"

"응."

"하지만 엄마는 일을 하셔야 해. 우리 유진이가 그렇게 울면 엄마가 힘드서. 엄마가 유진이 보고 싶다고 해서 온 거야. 엄마도 유진이 보고 싶어 해."

"엄마."

"그러니까 엄마 일하는 거 방해하면 안 돼. 알았지? 우리 착한 유진이 참을 수 있지?"

"응."

나는 딸을 품에 안고, 이 작은 아이가 이곳에서 무엇을 생각하고 느꼈을까를 생각했다.

마음이 아려 왔다.

제 딴에는 엄마가 보고 싶은데 참고 있다가 보게 되니 마음이 급했겠지.

이건 순전히 우리 실수다.

항상 집에만 있다가 밖의 낯선 환경에 놓인 유진이가, 지 엄마가 예쁜 옷을 입고 카메라 앞에 서 있으니 무작정 달려간 것이다.

"유진이 TV 알지?"

"응."

"엄마는 거기 나오는 사진을 찍는 거야. 아주 힘들고 어려운 일이야. 우리 유진이가 엄마 도와줄 수 있지?"

"응."

나는 딸의 손을 잡고 다시 촬영장에 들어갔다.

아내를 보고 손을 흔들었다.

그러자 그녀가 유진이를 바라보았다.

의젓하게 있는 유진이 모습을 보더니 안심하고 다시 촬영을 시작했다.

아이들과 여러 번 이야기를 해보니, 아이들은 사리 분별을 못할 뿐이지 차분하게 이야기하면 대부분 신기하게도 알아듣는다.

촬영 중간 쉬는 시간에 현주는 옷을 갈아입고 유진이를 안았다.

엄마의 품에 안겨 미소 짓는 모습을 보니, 새삼 내가 아빠라는 생각을 하게 되었다.

세상의 모든 부모는 자식이 귀하다.

자식이 잘났든 못났든 그것은 변하지 않는다.

확실한 것은, 자식을 잘난 아이로 만드는 일은 부모의 역할이라는 점이다.

그러니 아이가 자신의 기분에 따라 멋대로 행동하게 해서는 안 된다.

'마시멜로 이야기' 라는 책에서 말하듯, 아이들은 기다리는 법을 배워야 한다.

4살 된 어린아이들에게 마시멜로를 주고, 15분 동안 기다리면 한 개를 더 준다는 약속을 한다.

아이들이 기다릴 수 있는지를 테스트하는 실험이다.

그리고 10년 후 비교해 보면, 마시멜로를 기다린 아이가 성공할 가능성이 더 크다는 이야기다.

어려서부터 기다림과 인내를 배운 아이들은, 좀 더 사물을 차분하고 진지하게 볼 수 있게 된다.

다시 촬영이 속행되자 우리는 촬영장을 나와 거리를 산책했다.

따뜻한 햇살이 거리를 비추었고, 엘리스는 얌전하게 유모차 옆을 따라왔다.

주머니 속에서 전화가 울렸지만 받지 않았다.

지금 이 순간에는 별로 받고 싶지 않았다.

거리는 제법 혼잡했고 아이가 언제 어떻게 될지 모르는 데다 강아지마저 옆에 있었다.

한가하게 전화를 받을 형편이 아니었다.

사고는 순식간에 일어나기에, 이렇게 낯선 장소에서 어른의 부주의는 치명적인 결과를 가져올 수도 있다.

가볍게 주위를 한 바퀴 돌고 오자 촬영은 막바지에 도달했다.

마침내 감독의 오케이 사인이 났고 현주는 옷을 갈아입고 왔다.

촬영 감독, 스텝들과 인사를 나누고 딸아이를 안고 나오니 SN 엔터테인먼트사의 밴이 보인다.

현주는 유진이 귀여운지 품에 안고 어쩔 줄을 모른다. 그 모습을 보며 초보 엄마의 한계를 다시 느꼈다.

모녀 상봉 후 배가 고프다는 말을 하는 현주를 위해 레스토랑에 도착했다.

도착하고 보니 강아지는 출입 금지란다.

다시 나올까 했지만 점심도 먹지 못했다는 현주의 말이 생각나 유모차에 엘리스를 넣었다. 그리고 나는 말했다.

정말 강아지가 말을 알아들을지는 모르지만, 예민한 강아지는 주인이 무슨 말을 하는지 대체적으로 이해한다고 생각하면서.

"엘리스, 이곳은 네가 다닐 수 없대. 그래서 너는 차에 있거나 이 유모차에 있어야 해. 네가 유모차에 있으면 나올 때 고기를 사줄게, 알았지?"

"멍."

알아들었는지는 모르지만 내 눈을 빤히 쳐다보는 모습이 가여워 보였다.

뭐 그래도 어쩌겠는가?

나에게는 배 안 고픈 강아지보다 배고픈 아내가 더 중요하니 말이다.

매니저들에게도 차를 적당히 주차하고 같이 식사하자고 했다.

나중에 식사를 하겠다는 그들을 강권하여 자리에 앉혔다.

어떻게 보면 딸아이를 위한 행동이기도 했다.

아이가 집에만 있다 보니 낯선 사람을 무서워하는 경향을 보였기 때문이다.

"이 아저씨들은 엄마를 도와주시는 좋은 분들이야."

"엄마?"

엄마의 품 안에 있던 아이를, 스테이크가 나오자 내가 안았다.

아이는 엄마가 배고프다고 하자 아무 소리도 하지 않았다.

나는 웨이터에게 나갈 때 스테이크를 잘게 잘라서 포장해 달라고 했다.

나는 아이에게 고기를 아주 잘게 잘라 먹이면서 같이 먹었다.

엘리스가 탁자 옆 유모차 안에서 침을 흘리고 있었다.

불쌍하지만 어쩔 수 없었다.

집으로 돌아온 뒤에야 엘리스는 마침내 스테이크를 먹을 수 있었다.

맛이 있는지 코를 박고 먹는 모습에 나는 웃었다.

집에 들어오자마자 아내, 딸과 함께 침대에 다정히 누웠다.

아이와 함께 외출하는 것은 힘들다.

아이는 세상을 판단할 만큼 학습하지 못했기에, 하나부터 열까지 돌보아줘야 한다.

스스로 세상을 보고 판단할 수 있을 때까지.

어머니가 안 계시자 우리의 생활은 완전히 엉망이 되었다.

그동안 우리는 반쪽 부모에 불과했었던 것이다.

처가댁으로 피난 가자는 의견도 있었지만, 역시나 그분들에게 피해를 줄 것 같아 하루만 자고 왔다.

그것만으로도 조금은 숨통이 트인 느낌이었다.

나야 출근해도 되었지만, 아직 현주가 우울증 증세가 있어 혼자 내버려 둘 수 없었다.

그렇게 일주일이 지나고 어머니 아버지가 돌아오신 다음에야 생활이 정상으로 돌아왔다.

있을 때는 고마움을 느끼지 못했지만, 일주일 만에 얼마나 필요한 분인지 깨달을 수 있었다.

이제 겨우 살 만해서 투자 사무실에 출근했는데, 길숙이에게서 전화가 왔다.

"여보세요?"

[오빠, 잘 지냈어요?]

"아, 길숙이. 물론 잘 지냈지."

[엄마가 한번 보자고 하는데. 내가 오빠 만났다고 하니까.]

그러고 보니 길숙이 어머니가 나를 많이 귀여워해 주신 것이 기억났다.

어른이 보자고 하는데 거절하기도 힘들어 약속 날짜를 잡았다.

"그래, 그때 보자."

[네, 오빠.]

2년 조금 안 된 기간 동안 길숙이네 옆집에 살았었지만, 아주머니가 허물없이 나를 아껴 주셨기에 보고 싶은 마음이 생겼다.

아주머니는 '나중에 사위 삼겠다' 는 말을 자주 하셨지만 그때는 길숙이가 정말 아니었다. 나름 귀여웠지만 엄청 뚱뚱했다.

마침내 정의와 법 연구소를 필두로 시민 단체가 입법 청원을 했다.

흔하지 않은 입법 청원에 언론이 주의를 집중했다.

이미 의원들을 설득해 놓았기 때문에 입법까지는 무리가 없었다.

야당이 절대 다수석을 가지고 있기에, 어느 때보다 협조가 필요했다.

나는 강력하게 반대하는 몇몇 의원의 사생활을 비밀리에 촬영하여 인터넷에 올렸다.

마침내 북이 울렸고 싸움은 시작되었다.

이렇게 여론의 집중 조명을 받으면서 만들어진 법은, 아슬 아슬하게 통과되지 못했다.

나는 믿을 수 없었다.

이 일을 위해 시민 단체가 얼마나 오랜 시간을 준비해 왔던 가?

이 일에 무관심하게 행동하던 시민 단체들마저 TV에 나와 인터뷰를 하고 국회의원들을 비난했다.

시민 단체들이 선포했다.

만약 다음에도 이와 같은 일이 벌어지면 낙선 운동을 벌이 겠다고.

그제야 국회의원들은 몸을 사리며 입장을 정리하기 시작 했다.

11장

다시 만나다

오랜만에 산에 올랐다.

가만히 있으면 바람이 지나가며 수많은 이야기를 한다.

숲에서는 나무가 나 여기 있다고 말을 건다.

물론 진짜 말을 한다는 것은 아니다.

가만히 귀를 기울이면 온갖 종류의 소리가 들려온다.

새가 지저귀는 소리, 다람쥐가 움직이는 소리, 곤충들이 기어 다니는 미세한 소리가 들린다. 산에 올라 자연의 소리에 귀를 기울이지 않는다면, 그는 산을 반만 오른 것과 마찬가지다.

그것은 그냥 운동이다.

이렇게 멋진 산에 올라와 그냥 운동만 하고 가기는 아쉽다.

산이 하는 말을 들으면 마음이 새로워진다.

여기는 생명으로 가득한 곳.

얼음과 눈만 있는, 외로운 인간의 거친 숨소리만 들리는 에베레스트가 아니다.

바람만 지나가는 그 외로운 길이 아니다.

그러니 팔을 벌리고 잠시 땅과 하늘, 새와 곤충이 하는 이야기 소리를 듣는다.

진달래꽃이 지천으로 피어난 산등성이를 바라보며 봄보다 더 아름다운 시간의 손짓에 눈을 감는다.

파랗게 변한 나무들, 붉은색을 뿜어내는 철쭉, 평평한 바위에 앉아 지나온 시간들을 생각해 본다.

어찌 보면 시간에 떠밀린 느낌도 많이 든다.

구체적으로 뭘 해야겠다는 생각 없이, 그냥 가족과 이웃을 위해 뭔가 도움을 주는 존재가 되고 싶었을 뿐이다.

나는 이번에 시민 단체가 청원한 법안이 통과되지 못한 것에 상당한 심적 충격을 받았다.

우리 사회와 정치권이 내가 가진 상식의 틀을 너무 많이 벗어났다는 느낌을 받았다.

그렇게 오랜 시간 필요성을 알리고 진지하게 임했는데, 그냥 잠을 자다 아무 이유도 없이 뺨을 맞은 느낌이었다.

무시당했다는 생각에 화도 나고, 어떻게 이럴 수 있지 하는 마음도 들고.

내 인격이 이 모양인 탓도 있겠지만 그래도 화가 나는 것은 어쩔 수 없다.

소극적으로 보일지는 몰라도 천천히 정도를 걷는 것이 옳다고 생각했다.

그 생각은 지금도 변함이 없다. 하지만 생각이, 아니, 확신이 옅어진 것은 어쩔 수 없었다.

나는 아직도 인간에 대해 애정을 가지고 있다.

나를 파멸시켰던 그 사람도, 배신했던 전처도 용서할 수 있었던 이유는 단순했다.

인간이니까 실수도 하고 잘못도 하고, 그리고 내 잘못이 가장 컸으니까.

나는 인간을 사랑한다.

비록 신뢰하지 못한다 하더라도 말이다. 그것은 내가 인간이기 때문이다.

기득권 세력들은 이번에 뚫리면 더 많은 것을 내줘야 한다고 생각하는 듯 연대를 했다.

원래 나쁜 일에는 잘 뭉치는 것이 인간의 심리지만 그 끝없는 탐욕에 내 마음이 무거워진 것도 사실이었다.

그래서 그 무거운 마음을 털어버리려 산에 올랐다.

내 분노가, 복수심이 혹시나 아내와 딸에게 부지불식간에 표출될까 두려워 만사를 제쳐놓고 올라왔다.

아직 힘이 부족하다.

그래서 나설 수 없다.

하지만 계획은 세워야겠지.

난 사회 정의 따위를 외치다 내 소중한 가족과 주변 사람들에게 피해를 주고 싶지는 않다.

세상에 '정의' 라는 추상적 개념은 있지만, 정의가 실제로 '존재' 하는 것은 아니다.

즉, 정의란 단어는 머릿속의 추상적 개념이 우리 삶의 특수한 정황과 부딪혔을 때 추론을 할 수 있게 해준다.

이것이 정의일 거야, 하고 추론할 뿐이다. 그래서 나는 정의가 항상 어렵다.

산을 내려오다 산 밑에 있는 음식점에 들어가 동동주와 파전을 시켰다.

값은 조금 비싼 듯 보였지만 등산 후 걸치는 동동주 한잔은 꿀보다 달았다.

술 한 잔에 인생의 무거운 짐을 벗은 듯 마음이 깃털처럼 가볍다.

이게 사는 것이겠지.

사람 사는 데 별것 있나 싶었다.

한호가 쓴 상춘곡의 시구가 생각난다.

짚방석 내지마라 낙엽엔들 못 앉으랴.

솔불 켜지 마라 어제 진 달 돋아온다.

아해야 박주산채(薄酒山菜)일망정 없다 말고 내어라.

맛이 변변하지 못한 술과 산나물이지만, 자연 속에 있다 보
면 안분지족을 누리게 된다는 말이다.

이 작은 잔에 담긴 동동주가 내게 그러하다.

태산 같던 무거운 마음이 산을 오르고 눈결처럼 희어졌으
니 말이다.

내게 산은 스승이다.

그 얼음산 K2에서 새로운 육체와 생명을 얻었다. 그리고
오늘은 새 마음을 얻었다.

이 작은 술잔과 함께.

꽤나 취해 택시를 탔는데 이상한 길로 간다.

어둑한 거리에 나무와 허름한 집들이 나온다.

정신이 번쩍 들었다.

마나를 돌리자 취기가 한순간에 사라졌다.

차가 멈추고 문이 열렸다.

택시에서 내리는 멀쩡한 내 모습에 운전수가 당황한 듯했다.

"어라, 이 새끼 안 취했는데?"

뒤를 돌아보는 그를 살핀 뒤, 주위를 확인했다.

일행인 것 같은 사람이 세 명 더 보인다.

"×발, 일 좀 똑똑히 해. 그리고 너, 있는 돈 다 내놔. 죽기 전에 말이다."

자신의 차로 이런 범행을 할 리 없고 훔친 차로 영업하는 척하다 만만해 보이는 사람 주머니를 터는 것이겠지. 어떻게 돌아가는지 금방 감이 잡혔다.

"오늘 좋았는데 너희 때문에 도로 기분이 나빠졌다. 어떻게 책임질래?"

"뭐야, 이 물건은?"

일행으로 보이는 건달 네 명은 어이없어 하며 웃었다.

"×발, 존나 어이없네."

그중 한 명이 야구 방망이를 들고 휘두른다.

나는 발을 놀려 피했다. 그리고 주문을 외웠다.

"스트랭스, 헤이스트."

육체가 강철같이 강해지고 움직임이 바람보다 빨라졌다.

방망이가 거북이처럼 느리게 내 뺨을 스치고 지나간다. 나는 재빨리 다가가 손목을 수도로 쳤다.

"크억."

남자는 비명을 지르며 야구 방망이를 놓쳤다.

나는 재빨리 그것을 주워 녀석의 엉덩이를 후려갈겼다.

퍼억.

이번에는 비명도 제대로 지르지 못하고 쓰러졌다.

야구 방망이를 확보했으니 단검을 휘두르는 녀석도, 쇠파이프를 든 녀석도 무섭지 않았다.

"야, 함께 쳐. ×발, 똥 밟았네."

세 명이 동시에 무기를 휘둘렀다.

나는 뒤로 도망가며 가장 앞에 있는 녀석의 발등을 야구 방망이로 내려쳤다.

"크억!"

남자의 몸이 휘청거리며 앞으로 거꾸러졌다.

"마삼아!"

"너나 잘해."

나는 남자의 이름을 부르는 놈의 허벅지를 힘껏 내려쳤다.

퍼억!

"으악."

손에 든 쇠 파이프를 떨어뜨리고 허벅지를 움켜쥔다.

스트랭스가 가미된 육체라 힘도 증가되어 뼈가 부러지지 않으면 다행일 정도다.

나머지 한 명이 슬쩍 뒤를 돌아보았다.

나는 이놈들이 다가 아니라는 것을 직감하고 단검을 들고 있는 녀석의 팔목을 내려쳤다.

무술을 배운 놈들이 아니어서 모두 정리하는 데 그리 오랜 시간은 걸리지 않았다.

나는 쓰러진 녀석들의 다리를 향해 야구 방망이를 휘둘렀다.

이놈들, 악질이다.

우발적인 범죄가 아니라 치밀하게 계획된 것이다.

봐줄 수 있는 놈들이 아니었다.

나는 아공간에서 단검을 꺼내, 녀석들의 옷을 찢고 손을 뒤로 묶었다.

그리고 입에 재갈을 물려 차에 실은 후 허름한 집으로 다가 갔다.

문을 열기 전 프레벨을 소환했다.

마법사의 직감이 맞았다.

문을 열자마자 날아오는 쇠 파이프에 팔이 스치듯 부딪혔다.

강화된 육체가 돌아가는 쇠파이프를 잡아당겼다.

"윽."

짧은 비명과 함께 딸려 온 녀석의 뒤통수를 주먹으로 내려쳤다.

퍽.

나는 쇠 파이프를 빼앗으며 놈의 다리를 향해 야구 방망이를 휘둘렀다.

"크악!"

남자가 비명을 지르며 쓰러졌다.

건물 안을 살폈지만 다른 놈들은 보이지 않아 프레벨을 해제하고 놈을 택시에 구겨 넣었다.

'이놈들을 어떻게 하지?'

나는 조폭도 아니었기에 처리를 어떻게 해야 할지 감조차 오지 않았다.

경찰에 신고를 하더라도 택시 외에는 명확한 증거가 없다.

게다가 경찰을 그다지 신뢰하지 않았기에 별로 좋은 방법 같지도 않았다.

'그렇다고 이놈들을 그냥 놓아줄 수도 없고.'

나는 조수석에 앉은 놈의 입에서 재갈을 풀어주었다.

"묻는 말에 제대로 대답하면 해치지 않겠다. 그러나 그렇게 하지 않는다면 너희를 절벽에서 던져 버릴 것이다. 아니, 그건 시간이 걸려서 곤란하군. 두 다리를 끊어 평생 걸어 다니지 못하게 만들 것이다. 시험해 봐도 돼. 나야 심심하지 않아서 좋지."

"알겠습니다."

"그래, 마음이 내키지 않으면 대답하지 않아도 돼. 이름?"

"…김창열입니다."

"지금까지 몇 명에게 이런 짓을 했지?"

"세 명입니다."

"어떤 식으로?"

"돈 빼앗고 때려서 보냈습니다."

"죽인 것은 아니고?"

"저희는 살인은 안 합니다."

나는 녀석의 눈을 보았다.

흔들림이 없는 것을 보니 거짓말은 아닌 듯했다.

"왜 이런 짓을 하는 것이냐?"

녀석이 멈칫한다. 표정을 보니 특별한 이유 없이 그냥 하는 모양이다.

이 쓰레기들을 어떻게 처리할까 아무리 생각해도 답이 나오지 않았다.

나는 흥신소를 하는 안정훈 씨에게 전화를 걸었다.

다행스럽게 산인데도 핸드폰이 터졌다.

―여보세요.

"잘 지내셨습니까?"

―아, 네. 김이열 사장님이시군요. 어쩐 일로 전화를 주셨

습니까?

"제가 일을 하나 당했는데요……."

겪은 상황을 대충 말하자, 그는 놈들에게 신분증이 있나 찾아보라고 했다.

주머니를 뒤져봐도 나오지 않기에 건물 안으로 들어갔다.

안에는 탁자 하나가 달랑 놓여 있었는데, 그 서랍장에서 어렵지 않게 찾아냈다.

다시 전화를 걸어 녀석들의 주민번호를 불러 주자 전과가 있단다.

그것도 강도, 강간이라는. 할 말을 잊었다.

어떻게 해야 하느냐고 묻자 위치를 되물어 온다.

대략 어디쯤이라 알려주자 내 핸드폰으로 위치 추적을 하겠다고 한다.

동의를 해달라고 해서 그렇게 했다.

두 시간 후 도착해 녀석들의 얼굴을 훑은 그는 같이 온 후배 형사에게 한잔 사라고 했다.

네모난 얼굴의 남자는 그러겠다고 좋아하더니 어딘가에 전화를 하고 왔다.

"김 사장님께는 피해가 가지 않도록, 대충 알지?"

"이런 일 한두 번인가요?"

경찰차가 와서 그들을 태워 가는 것을 확인한 후 안정훈 소장의 차를 탔다.

그러면서 '눈 뜨고 코 베어 갈 세상'이라는 속담에 전적으로 동의했다.

벌건 대낮에 술이 좀 취했다고 바로 작업이 들어올 줄이야. 조금도 생각 못했던 부분이다.

안정훈 소장과는 상당히 친해졌다.

내가 어떤 의도로 정치인들의 사생활을 의뢰하는지 더 이상 묻지 않아 편했다.

흥신소를 이용하는 사람들 대부분이 사생활 노출을 꺼리고, 또 자세히 설명해 주지도 않는다.

"원래 이런 일이 더럽죠. 형사로 있을 때야 범인을 검거한다는 명목이라도 있었는데 지금은 그냥 일이 되었습니다. 화장실을 청소해 주는 잡부처럼 지저분한 사생활을 대신 알아다 주고 돈을 받죠. 이런저런 생각 하면 이 일도 못합니다. 자식새끼들만 아니었으면, 휴우……. 먹이고 입히고 가르쳐야 하는데 그래도 이게 형사 생활보다는 낫더군요."

같이 한잔했을 때 그가 한 말이다.

자영업을 하든 직장 생활을 하든, 한국에서 아버지 된 자로서 피할 수 없는 일이다.

STL에 있을 때 위에서 까이고 밑에서 후배들이 치고 올라와 힘들다며 신세타령하던 선배들 역시 회사를 때려치우고 싶지만 자식들을 보면 힘이 난다고 했었다.

외국계 회사인 STL이 그렇다면 우리나라 기업 대부분은 이 범주를 벗어나지 못할 것이다.

원래 인생은 기쁨과 슬픔이 양념처럼 적절히 섞여 있다.

그래도 살 만하다고 술 마시며 푸념할 수 있을 때가 좋은 것이다.

나는 집으로 돌아와 아이를 잠깐 보고 마나 수련을 한 뒤 잤다.

*　　　*　　　*

다음 날 나는 일을 마치고 약속 장소로 갔다.

유명 한식집이라 찾기 쉬웠는데 길숙이와 아주머니는 아직 오지 않은 상태였다.

이런저런 생각을 하는데 문이 열리며 길숙이와 아주머니가 들어오셨다.

길숙이가 들어오자 갑자기 방 안이 환해진 느낌이 들었다.

옆집 여고생이 이런 절대적 미인이 되어 나타날 줄 어찌 알았겠는가?

아주머니는 곱게 나이를 먹어가고 계셨다.

중년의 성숙함과 연륜이 묻어나는 모습이 한눈에도 좋아

보였다.

"안녕하세요, 아주머니."

"아이구, 정말 이열이 학생 맞구나. 아 참, 이제는 학생이
아니구나."

"네, 졸업한 지 좀 되었죠."

우리는 자리에 앉고 주문을 했다.

너무나 반가워하시는 아주머니를 보고 나도 그때가 기억
났다.

길숙이네는 목련꽃이 유명했다.

담장 너머로 하얀 목련꽃이 피면 동네가 밝아지는 것 같았
다.

아주머니는 맛있는 음식을 했다고 지나가는 나를 불러 먹
이곤 하셨다.

그때 그 뚱뚱한 소녀 길숙이가 이제 얼굴을 알아보지 못할
정도로 아름답게 변해서 나타났다.

짧은 추억이지만 생각하면 가슴이 따뜻해지는 시기였다.

사실 길숙이와 그다지 친하지는 않았다.

이웃집이라 만나면 그냥 이야기하는 정도였고 정작 친했
던 사람은 아주머니였다.

다들 그 동네에 오래 살아서인지 서울이지만 시골 같은 인
심이 있었다.

아버지 사업이 안 좋았을 때 잠깐 있었지만 많은 위로를 받았던 곳이다.

아버지는 후에 외할아버지와 큰아버지의 도움으로 사업에 성공하셨고 지금의 빌라로 이사를 왔다.

지금 사는 동네는 주거 환경은 좋은 편이지만 이웃 간의 관계는 엉망진창이다.

"이열 군, 정말 오랜만이야."

"네, 잘 지내셨어요?"

"나야 항상 잘 지냈지. 우리 뚱땡이를 길에서 만났다며?"

"네, 너무 많이 변해서 처음엔 못 알아봤습니다."

"호호, 내가 잘 낳아놨더니 글쎄 저것이 엄청 처먹어서 돼지가 되어버렸어. 돼지에서 사람으로 돌아온 지는 좀 되었지."

"아이, 엄마는 이상한 소리만 하고 있어. 이열 오빠 듣는 데서."

아주머니는 자신의 딸을 한심하단 눈으로 바라보다 한마디 하셨다.

"이열 군을 만나고 온 날 방방 뜨고 좋아하더군. 첫사랑을 만났다며. 그래서 말은 바로 해야 한다고 잡아줬지. 첫사랑이 아니라 첫 짝사랑이라고."

"엄맛!"

"귀 안 먹었어, 이년아. 그래, 내가 말했지. 이열 군은 장가를 갔을 거라고. 그랬더니 저 가시나가 뭐라고 했는지 아나?"

"……?"

"너무 젊어 보여서 아직 안 갔을 거라고 하더군."

"아, 저 결혼해서 딸도 있습니다."

"네?"

"그럼 그렇지. 여자들이 눈이 삔 것도 아니고, 저런 훈남을 그냥 내버려 뒀겠어? 그러니 너도 이제 공부한다고 설치지 말고 시집이나 가라. 여자가 학벌이 너무 좋아도 남자들이 싫어해."

"무슨 그런 말도 안 되는 소리를……."

말싸움하는 모녀를 지켜보다 음식이 나와 식사를 했다.

"딸 사진 있어요?"

"응, 잠깐만."

나는 핸드폰에서 딸아이의 사진을 보여주었다.

"어머, 예쁘게 생겼다. 어, 이 여자 누군지 알 것 같은데."

"어휴, 너는 서현주도 못 알아보니?"

"서, 서현주요? 유명한 여배우……."

"현주가 제 아내 맞습니다."

"오, 이건 나도 짐작 못했네. 현주 양이 이열 씨 사랑한다고 고백했을 때, 그 이열이 내 앞에 있는 이열이라고는 생각을 못했지. 너 봤지? 톱스타 현주 양도 사랑을 쟁취하기 위해 온 국민 앞에서 쪽팔림을 무시하고 고백하잖아. 그러니 너도 본받아라."

"칫, 이열 오빠 정도 되는 사람이 있으면 나도 그렇게 해."

"이것이 눈만 높아서 걱정이다. 뭐, 얼굴은 반반하니 아주 가능성이 없는 것은 아니지만 나는 왜 지금부터 걱정이 되는지 모르겠다."

아주머니는 길숙이를 애처롭게 바라보았다.

여자가 많이 배우고 똑똑하면 남자들이 별로 좋아하지 않는다.

그래서 노총각, 노처녀 중에서 여자는 A급이 결혼을 못하고 남자는 D급이 못한다는 말이 있을 정도다.

A급 여자는 동급의 남자나 아니면 S급의 남자를 찾는데, S급의 남자는 여우 같은 여자가 일찍 채간다.

아주머니의 걱정도 무리는 아니다.

그래도 길숙이 정도의 외모면 아주머니의 걱정이 과하신 편이긴 하다.

"그런데 오빠 그때는 이렇게 멋있지 않았는데. 학벌로 반은 먹고 들어가서 그렇지 좀 어두웠던 것 같았는데."

"지금도 밝지는 않아."

"호호, 이열 군이 그때도 멋있기는 했지. 키도 크고 스마트

했으니까."

"엄마는 그래서 나한테 오빠에게 시집가라고 그렇게 노래를 부른 거야?"

"그래, 이년아. 잘생겼지, 학벌 좋지, 부모님 좋지. 남편감으로 뭐가 부족한데?"

"어, 듣고 보니 그러네."

"이열 군, 현주 양과 사귈 때 누가 먼저 대시한 것인가?"

"사실 현주가 고백하기 전에는 그냥 아는 사이였어요. 연예인이라 그냥 예쁜 동생 정도로 여기려고 했었죠. 인연은 따로 있다고, 결혼까지 하게 될 줄은 몰랐습니다."

"길숙아, 들었지? 너도 이제 연애 좀 해라. 그놈의 책 맨날 파봐야 나오는 것도 없어. 나이 들어봐, 많이 알아봐야 써먹을 데도 없다고. 수학 열심히 해봐야 뭐하니? 콩나물 값 깎는 데밖에 못 써. 그러니 너도 현주 양처럼 용기를 내거라."

"쳇! 엄마, 이 얼굴로 먼저 그러면 남들이 욕해."

"흠……."

식사가 끝나자 차가 나왔다.

우리는 차를 마시며 한 시간 정도 더 이야기하다 헤어졌다.

나는 더 이상 길숙이와 만날 일이 없을 거라 생각했다.

근데 웬걸, 어떻게 알았는지 커피숍으로 자주 놀러 오는 길숙이였다.

찾아오니 안 만날 수가 없었다.

*   *   *

"여보, 왜 그래?"

"흥, 요즘 재미가 좋은가 보네요."

"무슨 말이야?"

"흥."

뭐에 뿔이 났는지, 현주는 내 말을 들으려 하지도 않고 삐딱하게 나왔다.

이전의 겸손하고 수더분한 모습은 사라지고, 고슴도치처럼 작은 꼬투리에도 날카롭게 반응했다.

나처럼 허점 많은 사람은 이렇게 나오면 어떻게 해볼 도리가 없다.

그래도 다행인 것은 현주가 잠자리는 거부하지 않는다는 점이었다.

그래서 가능한 그녀가 원하는 대로 정성을 다하곤 했다.

그리고 유진이와 함께 셋이 보내는 시간을 많이 가지려고 노력했다.

딸이 있으니 그녀도 어쩔 수 없이 날카롭게 나오지 못했지만, 왜 그러는지 알 수가 없었다.

원인을 알아야 뭐라도 해보겠는데 도무지 이야기를 하지 않는다.

나는 이번 삶을 살면서 불협화음이 인생을 더 행복하게 만드는 요소라 생각하고 인내하기로 했다.

온통 행복으로 가득한 생활은 사실 권태로울 수도 있으니까.

지금까지 나를 믿어줬으니 이제 내가 현주를 믿어줄 차례다.

미국의 채드 헐리에게서 연락이 왔다. 회사 매각에 동의하느냐는 내용이었다.

Youtube는 2005년 5월에 공개되고 난 후 첫해에 3,800만 명이 방문했다.

올해는 하루에 6만 개 이상의 비디오가 업로드된다고 한다.

채드 헐리와 스티브 첸은 겁을 먹었다.

회사가 갑자기 너무 커져 서버를 늘려도 감당이 안 되어 어려움을 겪게 된 것이다.

문제는 돈이 아니었다. 그들은 보다 안정적인 사업 방법을 찾고 있는 듯했다.

Youtube를 인수하겠다는 회사가 한둘이 아니었고 인수 대금 역시 천문학적이니 마음이 흔들릴 만했다.

창업한 지 불과 2년도 안 되어 회사가 폭발적으로 성장하자 매각 이야기가 나온 것이다.

나는 Youtube에서 보내준 매각 서류에 동의를 하며 지분 12%는 어떠한 상황에서도 보장받아야 한다고 명시했다.

이것은 당연한 일이었다.

그리고 일주일 후 지분 12%에 대해 약속한다는 내용 증명서가 도착했다.

이제 매각만 기다리면 된다.

불과 몇 달 남지 않았다.

12장

악한 자의 종미

김미영에 대한 소문을 들은 것은 의외로 정의와 법 연구소의 나상미 간사로부터였다.

나상미 간사는 우리 투자 사무실의 공증과 법률 자문을 해 주며 생활의 어려움을 해결했다.

그래서인지 나에게 유독 이런저런 이야기를 자주 한다.

나상미 간사는 상아 제약이 부도났다는 말을 하며 재벌의 횡포에 분노했다. 그러면서 어떻게 자기의 자식을 가진 여자 집을 망하게 할 수 있느냐 했다.

어떻게 된 일인가 자세히 묻자 나상미 간사는 자신이 아는 대로 설명을 해줬다.

이병천에게 아들 키울 양육비를 청구했으나 거절당하자 귀찮게 군 모양이다.

속 좁고 복수심에 불타는 이병천이 욱해서 상아 제약을 부도나게 한 듯했다.

상아 제약이 코스피 상장사이긴 했지만 매출 규모와 시가 총액이 적어 부도가 났는데도 신문에 고작 한 줄 실리고 말았다. 그래서 나도 몰랐던 모양이다.

그녀는 지인들의 도움으로 시내에서 작은 빵 가게를 운영한다고 한다.

아무리 그래도 제법 규모가 있는 기업이었는데 망했다고 가게 낼 돈이 없어 남에게 빌린단 말인가?

나는 물어물어 그녀가 운영하는 제과점에 도착했다.

규모도 크고 손님도 많아 나름 안도의 한숨을 내쉬었다.

미운 정이 더 무섭다더니 그래도 전생에 20년을 같이 산 추억이 있어서인지 그녀의 몰락이 반갑진 않았다.

전생에서 그녀의 아버지 회사는 문제가 없었다. 그래서인지 미안한 마음이 조금 생겼다. 문을 열고 들어서자 종업원이 어서 오세요, 하고 인사를 한다.

나는 고개를 끄덕이며 매장을 둘러봤다.

그녀는 밝은 표정으로 카운터에서 손님과 이야기를 하고

있었다.

나는 딸아이와 아내, 그리고 부모님께 드릴 빵을 바구니에 담았다.

"어서 오세요. 계산을 도와드리겠습니다."

방긋 웃는 얼굴의 그녀를 향해 말했다.

"잘 지내셨어요?"

"네에?"

그녀는 그제야 나의 얼굴을 자세히 보았다. 짧은 신음이 입에서 터져 나왔다.

"아, 이열 씨. 여긴 어떻게 알고……."

"일단 계산부터……."

"아, 죄송해요. 손님으로 오셨는데."

그녀는 잠시 호흡을 가다듬고 한숨을 내쉬더니 계산을 했다. 이야기를 하고 싶어 하는 내 표정을 보았는지 계산을 다른 직원에게 맡기고 빈 테이블로 갔다.

나는 그녀를 따라 따뜻한 햇볕이 가득한 창가에 앉았다.

"오랜만이에요."

"반갑습니다."

그녀는 약간 체중이 빠진 듯했지만 여전히 아름다웠다.

오히려 삶에 대한 투지로 가득한 것 같았다. 그 얼굴에 안심이 되었다.

그녀는 쓸쓸히 웃으며 탁자를 내려다보았다.

그녀와 나 사이에는 빈 탁자뿐이었다.

빵도 차도 없는 덩그런 테이블이 왠지 어색했다.

"결국 이 모양이 되었어요. 이열 씨가 충고해 줬는데도 이렇게 되니 할 말이 없네요. 나쁜 남자 사귄 대가를 치르고 있는 거죠."

말을 하는 그녀의 눈가에 눈물이 살짝 맺혔다.

그녀 역시 이런 방향으로 인생이 전개되길 바라진 않았을 것이다. 어느 누가 미혼모가 되고 싶어 하겠는가?

더욱이 이렇게 아름다운 여자가 말이다.

"아이는 잘 자라죠?"

"네."

아들을 생각했는지 입가에 미소가 맺힌다.

나는 어쩌면 그녀는 지금이 더 행복할지도 모른다고 생각했다. 20년 동안 속였다는 사실은 괘씸했지만, 원해서 그랬을 것이라고는 생각하지 않았다.

그때 그렇게 해야만 자신의 아들을 지킬 수 있다고 생각했다면 그렇게 할 수도 있었을 거라고 여겼다.

빛나는 그녀의 눈을 보니 나는 그녀가 지금의 삶에 행복해 하는 것을 깨달았다.

"나 싸울 거예요. 그를 끌어내릴 거예요, 그 자리에서."

"제가 돕겠습니다."

"네?"

나는 예전에 그가 찾아온 뒤 양아치들에게 린치당할 뻔한 사건을 이야기해 줬다.

그제야 그녀는 얼굴을 붉히며 미안하다고 사과했다.

"그는 당신의 생명을 노릴지도 모릅니다. 아들을 사랑한다면 인내하십시오. 반드시 복수할 수 있게 돕겠습니다."

"왜 제 복수를 이열 씨가?"

나는 의혹이 가득한 그녀의 눈을 바라보았다.

"저는 이 사회의 구조를 바꾸려고 합니다. 힘이 있다고 약한 자를 함부로 핍박하지 못하게 말입니다. 그 안에는 이병천 씨도 있습니다. 미영 씨가 미래 그룹과 당당히 싸울 수 있게 해 드리겠습니다. 이병천의 입장에서 미영 씨는 아픈 가시입니다. 가시가 자꾸 움직이면 모진 생각을 하게 됩니다. 특히 이병천과 같이 야망 외에 아무것도 생각하지 않는 사람에게는 말입니다. 그러니 아들을 생각하신다면 기다리십시오. 미영 씨가 싸우실 그날에는 무수히 많은 전우가 함께할 것입니다."

이렇게 말을 해도 그녀는 뭐가 뭔지 모르는 모양이다.

하긴 안면만 조금 있는 사람이 뜬금없이 찾아와 이상한 소리를 해대니 믿을 수 있겠는가?

그래서 나는 차분하게 정의와 법 연구소와 입법 청원에 대해 이야기했다.

이야기가 길어질수록 그녀는 고개를 끄덕거리기 시작했다. 약한 자가 강한 자와 싸울 때는 준비를 많이 해야 한다.

그래서 우리는 전략을 짜고 어떻게 싸울 것인가를 이야기해야 한다.

그녀는 마침내 내 이야기에 동의했다.

"그럼 어떻게 하신다는 건가요?"

"기다려야죠."

"네?"

"상대는 대기업 오너입니다. 총 한 방으로 쏴 죽인다면야 모르지만 그렇지 않으면 많은 시간이 필요합니다. 준비를 하지 않으면 너무 쉽게 게임이 끝날 겁니다. 그러니 약점이 나타날 때까지 인내를 가지고 기다려야죠."

"…그렇군요."

나는 대기업의 총수가 가진 힘이 얼마나 대단한지 설명해 주었다. 그 권력의 힘은 일반인들은 상상도 하지 못할 정도로 무지막지했다.

언론에 드러나는 것은 새 발의 피다.

그 어둡고 무서운 힘에 노출되면 보통 사람은 여지없이 박살난다.

"저 사기꾼처럼 보이세요?"

"아뇨, 어떻게 이열 씨가……. 말도 안 돼요."

"그럼 특별히 미영 씨에게 투자를 받도록 하죠."

"네, 그게 무슨 말이세요?"

"이것은 아내가 제게 맡긴 돈의 수익률입니다."

"뭐죠?"

"투자 사무실을 하나 차렸습니다."

"이열 씨가요?"

그녀는 믿을 수 없다는 표정으로 나를 바라보았다.

나는 어깨를 으쓱 올리고는 설명해 주었다.

"어쩌다 보니 주식을 하게 되었습니다. 작년 중반부터 동원 산업의 자금을 위탁받아 지금은 800억을 굴리고 있습니다. 개인에게 위탁받은 돈은 그 네 배가 넘습니다."

"네에?"

그녀는 놀라 눈을 동그랗게 떴다.

800억도 많은 돈인데 그 네 배라니 상상이 안 되는 모양이다.

"지금은 개인 투자자의 돈은 받지 않고 있습니다. 기존 고객들 관리만 해도 힘이 부치거든요. 의심이 든다면 안 하셔도 됩니다."

"그건 아니에요."

그녀는 의외로 단호하게 대답했다.

"이열 씨는 믿을 수 있어요. 거짓말을 할 사람은 아니에요.

단지 제가 사정이 좋지 않아서요. 정말 작은 돈이어도 되나요?"

"물론이죠. 그래도 맞선을 본 사이인데."

"호호호, 평소에도 이렇게 유머 감각이 있으면 얼마나 좋아요?"

그녀는 아쉬운 듯 나를 바라보다 바닥으로 눈을 돌렸다.

나는 그녀의 가게를 나오며 그래도 용기를 가지고 당차게 살아가려는 그 모습이 보기 좋다고 생각했다.

다행스럽게 그녀는 세상 앞에 당당히 나서고 있었다.

그녀는 이제 혼자서 아이를 키워야 하니까, 그래야 민우가 건강하게 클 수 있을 테니까.

*   *   *

빵집을 나와 거리를 헤매는데 나도 모르는 사이에 눈물이 흐른다.

왜 흐르는지 이유는 알 수 없지만 과거의 추억이 생각나서인 듯하다.

세상 그 어떤 아버지가 자식의 목숨으로 살기를 바라겠는가?

복수심에 불타 하루하루 지옥과 같은 삶을 살던 그 시절, 아들은 내게 천사였다.

내 아들이어서 행복했다는 아들의 말, 부족한 아버지를 존경했다는 아들의 말은 지금도 천둥처럼 내 마음을 흔들고 있다.

과거로 돌아와 비틀린 인연으로 아버지와 아들의 관계는 끊어졌지만 그래도 내 아들 민우가 그렇게 짧은 생을 살다 죽지 않을 것이라 생각하니 행복했다.

내 아들이 살 수만 있다면 뭔들 못하겠는가?

나는 거리를 방황하며, 어떻게든 아들이 잘 자랄 수 있도록 도와주기로 결심했다.

마음이 답답하여 독한 위스키를 사 들고 집으로 들어갔다.

거실에서 놀던 딸이 나를 발견하고 달려온다.

"아빠."

"유진아, 뛰지 말고 조심해야지."

안아 달라고 보채는 딸을 품에 안고 여기가 내 집임을 새삼 느꼈다. 엘리스는 내가 내려놓은 빵 봉지에 머리를 박고 냄새를 맡는다.

"엘리스, 안 돼."

내 말에 엘리스가 움찔하고 뒤로 물러났다.

개는 개라고 마음대로 풀어놓으면 정말 형편없는 잡개가 되어버리고 만다.

규율을 지키지 않는 아이들은 양아치가 되듯이 말이다.

아무리 혈통이 좋고 영리한 개라도 그것은 피할 수가 없다.

그래서 엘리스는 얼마 전 애견 학교에 입학하여 이 주일간 훈련을 받고 왔다.

나는 딸아이의 볼을 비비며 마음을 달랬다.

그리고 사 온 빵을 어머니께 드리고 난 뒤 유진이와 엘리스에게 나눠줬다. 그리고 이야기했다.

이 조그마한 아이와 개가 알아들을까 싶지만 그럴수록 나는 더 이야기한다.

"우리 집에서는 맛있는 것이 생기면 누구부터 드려야 하지?"

"할무니, 할아부지."

"그래, 맞았다. 할머니, 할아버지께 먼저 드리고 먹어야 하는 거야."

"응."

"엘리스, 너도 알아들었니?"

멍, 멍.

엘리스의 똘똘한 눈을 보면서도 나는 엘리스가 내 말을 알아들었다고는 생각하지 않았다.

물론 유진이도 마찬가지다.

그러나 계속 이야기를 하는 이유는 그것이 교육이기 때문이다. 가정에 중심이 되는 분이 있어야 위계질서가 잡히고 편하게 지낼 수 있다.

아내가 남편보다 힘이 센 가정의 단점은, 자녀가 엇나가면 말릴 사람이 없다는 점이다.

아내에게도 무시당하는 남편을 아버지라고 존경할 자식은 별로 없다.

아이들은 배운 대로 행동하니까.

아버지를 무시하는 어머니에게서 아들은 가족을 무시해도 된다는 것을 배운다. 그래서 현명한 아내는 미래를 위해 아버지의 권위를 남겨둔다.

아버지를 어려워하는 권위가 남아 있어야 가정이 기준을 가지게 되는 법이다.

그러기 위해서는 아버지가 모범을 보여야겠지만.

꼬맹이들에게 말이 통할까 싶지만 전문가들 말에 의하면 이 시기가 너무나 중요하다고 한다.

나도 그 말에 동의한다.

무엇이든 처음 배울 때가 중요한데 세상을 처음으로 배우는 시기니 어리다고 무시하거나 대충 가르치면 지적 성장은 멈추게 된다.

"아, 여보."

2층에서 내려오다 나를 본 현주가 다가왔다.

"별일 없었지?"

"네."

"밖에서 무슨 일 있었어요?"

"아니."

"당신 얼굴이 슬퍼 보여요."

"슬프긴 해."

"왜요?"

"인생을 사는 것이 마냥 좋지만은 않아서."

"또 얼렁뚱땅 넘어가려고 하는 거죠?"

"응, 오늘은 그냥 넘어갔으면 해."

"알았어요."

요즘 날을 세우고 뾰족하게 대하는 현주도 내 표정을 살피고는 날이 아니라 생각한 모양이다.

"여보, 힘들죠? 안마라도 해줄게요."

"괜찮아."

"아냐, 아냐. 여기 앉아요."

현주가 이렇게 나올 땐 어지간하면 물러나지 않는다.

그래서 나는 말 잘 듣는 아이처럼 아내가 가리킨 장소에 앉아 안마를 받았다.

아내의 연약한 손이 어깨를 주무르고 목을 두드리자 낮에 느꼈던 슬픔이 마법처럼 사라지는 것을 느꼈다.

그래, 오늘은 내가 양보하고 내일은 네가 양보하며 그렇게 살자. 너를 위해 내 남은 인생을 살겠다.

나는 현주를 생각하며 마음으로 격려를 보냈다.

등 뒤로 느껴지는 아내의 보드라운 감촉에 나도 모르게 그녀의 허리에 손을 얹었다.

"아이, 아이가 봐요."

"보라고 하는 거야. 아이를 키우려면 적당한 쇼맨십은 필수야. 다정한 척, 사랑하는 척, 존경하는 척하기. 그러다 보면 정말 그렇게 되지. '큰 바위 얼굴'처럼 정말 바라보고 소망하면 그렇게 돼. 다정한 부부의 모습을 보여 줘야 아이 감성에도 도움이 된다고."

"어머, 그럼 저 사랑하는 척하신 거예요?"

"그럴 리가. 당신처럼 사랑스러운 여자를 사랑하지 않는 남자는 바보지. 나처럼 부족한 남자를 선택해 주고, 프러포즈도 먼저 해주었으니 내겐 빚이 있어. 이 빚 다 갚고 나서도 더 열심히 당신을 사랑할게."

"정말?"

"그럼."

우리는 모처럼 손을 맞잡고 아이와 강아지를 바라보았다.

넓은 거실을 뛰어다니는 아이와 강아지를 보며 잡은 손에 더욱 힘을 주었다.

내 이런 마음이 전해졌는지 그녀도 어깨에 얼굴을 기대어 온다. 그런 우리 모습을 보신 어머니가 오늘은 유진이를 데리고 주무신다고 하셨다.

나를 쳐다보는 어머니의 눈초리에 꾸지람이 담겨 있어 송

구스러웠다.

그래서 오늘 모처럼 이야기를 해볼까 했다.

방에 올라와 침대에 누워 현주에게 팔베개를 해주었다.

"여보, 미안해요."

말을 채 꺼내기도 전에 현주가 선수를 친다.

"뭐가?"

"요즘 내가 까칠하게 군 것 말이에요."

"그럴 때도 있어야지. 폭탄을 쌓아놓고 터질 때까지 기다
리는 것보다는 나아. 그러니 염려하지 마."

"그래도……."

현주의 얼굴에는 미안한 표정이 가득했다. 그리고 그녀의
말에 담긴 고마운 마음이 진심이라 느껴졌다.

"내가 미안하지. 더 좋은 남편이 되어야 하는데 내가 좀 둔
하잖아. 그러니 불만이 있으면 말해줘."

"그래도 어떻게 그런 것을 다 말로 해요?"

"응? 말로 못하면 몸으로 하면 되지."

"아이."

얼굴을 붉히며 웃는 현주의 입을 입으로 막고 부드럽게 몸
을 쓰다듬었다.

"아이, 하아."

"유진이도 없는데 초저녁부터 달려볼까?"

"어떻게 그래, 아빠도 안 들어오셨는데."

"그런가? 잠깐만."

나는 일어나 아버지에게 전화를 했다.

―웬일이냐?

"아버지, 언제 들어오세요?"

―10시는 되어야 갈 것 같다. 먼저 자거라.

"네, 저희 먼저 잘게요. 무슨 일 있으면 전화 주세요."

―둘째 작업하냐?

"아니에요. 아버지도 참."

―허허허. 그래, 먼저 자거라.

귀를 쫑긋거리며 아버지와의 통화를 듣던 현주는 전화를 끊자 먼저 달려들었다.

서로 옷을 벗기며 좀 거칠게 몸을 탐했다.

그래서 시작한 지 얼마 되지 않았는데도 달뜬 신음과 열기로 방 안이 뜨거워졌다.

거칠고 격렬하게 서로의 몸을 갈구하다 절정의 한가운데서 멈췄다.

나는 아내의 몸을 껴안고 부드럽고 몽실한 가슴을 한 손에 움켜쥐었다.

"하아, 좋았어요. 당신의 기술은 정말 놀라워요. 날마다 나를 보내 버리잖아요. 이러니 내가 아무리 화가 나도 당신을 거절하지 못하는 거예요."

"화가 난 일이 있으면 말을 하지."

"어떻게 말해요, 창피하게."

"뭐가 창피한데?"

"커피숍으로 당신 찾아오는 아름다운 여자가 있다면서요?"

"아, 길숙이? 걔는 여고생일 때 알던 아이인데 이웃집 뚱보
였어. 그 집 아주머니가 나를 많이 좋아해 주셨지. 내가 지나
가면 불러서 맛있는 것도 많이 해주셨어. 그때 아버지께서 사
업에 실패하시고 경제적으로 힘들었던 시기라 나도 과외를
했었지."

"그래요?"

"응, 아버지 사업이 정상을 되찾은 다음 이 집으로 이사를
왔지만, 여기와 달리 그곳은 따뜻했어. 길숙이 어머니만 그러
셨던 것은 아니거든. 마을 전체가 인정이 많았어."

"좋았겠다."

"응."

우리는 말없이 다시 서로의 몸을 만지며 키스했다.

"또?"

"응."

다시 열락이 시간이 지나간 뒤 현주가 아득한 목소리로 말
했다.

"너무 만족해. 질투해서 미안해요."

"그런 것도 안 하면 실망했을 거야."

"정말?"

"그럼, 애정이 있으니까 그렇게 신경을 썼겠지."

"그래도 미안해요."

"그래, 나도 미안하고. 서로 미안하니 이제 됐지?"

"응."

나는 그동안 현주가 화를 내고 까칠하게 군 이유가 길숙이 때문이라는 소리에 어이가 없었다.

도대체 누가 아내에게 정보를 제공했단 말인가?

스파이를 잡아야 하나, 라는 생각을 하는 내 자신이 좀스러워 피식 웃었다.

"왜 웃어요?"

"당신에게 정보를 제공해 준 스파이를 잡아야 하나 말아야 하나 생각했어."

"아니, 아니. 그러면 안 돼요."

"물론 안 되지. 우리가 잘되라는 선한 의도로 정보를 제공해 준 거라고 봐. 그래도 불필요한 마음고생 했으니 좀 괘씸하네."

"쳇, 몰라요."

"이리 와봐, 예쁜 나의 사슴."

"어머, 당신 그런 닭살스러운 말도 할 줄 알아요?"

"사실 못하지. 그래도 자꾸 해 버릇해야지."

"후훗."

오랫동안 골치 아팠던 현주의 까칠함이 질투심 때문이었다는 말을 듣자 왠지 입가에 미소가 고였다.

좀 괴롭긴 했어도 나를 사랑하는 아내의 마음을 느낄 수 있는 시간이었다.

따지고 보면 어차피 이렇게 풀리게 될 일이었다.

우리는 서로 신뢰하고 있으니까.

작은 틈이 거대한 둑을 무너뜨리지 않게 하기 위해 마음을 낮추고 상대방에게 귀를 기울여야 한다.

사랑한다는 것은 마냥 행복하지도 않고 쉽지도 않으니까.

『도시의 주인』 5권에 계속…

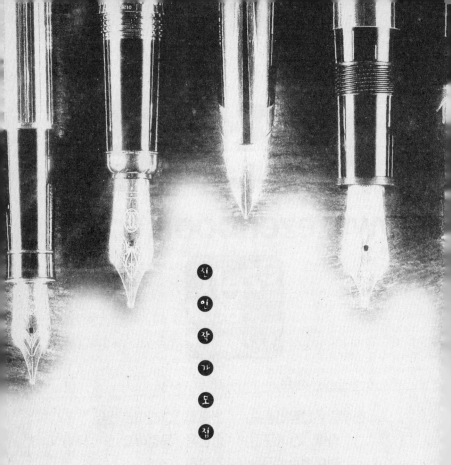

신
인
작
가
모
집

시작이 반이라고 했습니다.
작가의 길에 대한 보이지 않는 벽을 과감히 깨뜨리십시오!
청어람은 작가 지망생 여러분들의
멋진 방향타가 되어드리겠습니다.

저희 도서출판 청어람에서는
소설 신인 작가분들을 모집합니다.
판타지와 무협을 사랑하시는 분들의 많은 참여를 바랍니다.
소정의 원고(A4용지 150매)를 메일이나 우편으로 보내주시면
검토 후 출판 여부를 알려드리겠습니다.

주소 : 경기도 부천시 원미구 심곡2동 163-2 서경B/D 2F 우편번호 420-822
TEL : 032-656-4452 · **FAX** : 032-656-4453
http://**www.chungeoram.com**
e-mail : chungeoram@chungeoram.com

김현우 퓨전 판타지 소설

레드 크로니클
Red Chronicle

『드림워커』, 『컴플리트 메이지』의 작가
김현우가 색다르게 선보이는 자신작!

『레드 크로니클』

백 년의 세월 검을 들고 검의 오의에
다가선 남자 티엘 로운.

모든 것을 베는 그가 마지막으로
검을 휘둘렀을 때
그를 찾아온 것은 갈라진 시공간,
그리고… 자신의 젊은 시절이었다!

"하암, 귀찮군."

검의 오의를 안 남자가 대륙을 바꾼다!
티엘 로운의 대륙 질풍기!

Book Publishing CHUNGEORAM

유행이 아닌 자유추구-
WWW.chungeoram.com

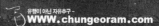

**수십 년 전, 용병왕의 등장으로 생겨난
왕국과 용병의 세계.
평소엔 한없이 가볍지만 화나면 누구보다 무서운,
놀고먹고 싶은 그가 돌아왔다!**

하지만 바람과는 달리 과거 그의 앙숙과 대륙의 판도는
도저히 그를 놓아주질 않는데……

"용병은 그냥, 돈 받고 칼을 빌려주는 놈들이니까."

그의 용병 철학은 단순했다.

"물론, 누구에게 빌려주느냐가 문제겠지?"

용병귀환

유왕 판타지 장편 소설

수십 년 전, 용병왕의 등장으로 생겨난
왕국과 용병의 세계.
평소엔 한없이 가볍지만 화나면 누구보다 무서운,
놀고먹고 싶은 그가 돌아왔다!

하지만 바람과는 달리 과거 그의 앙숙과 대륙의 판도는
도저히 그를 놓아주질 않는데……

"용병은 그냥, 돈 받고 칼을 빌려주는 놈들이니까."

그의 용병 철학은 단순했다.

"물론, 누구에게 빌려주느냐가 문제겠지?"

Book Publishing CHUNGEORAM

유통이 아닌 자유추구
WWW.chungeoram.com